삼
겹
살

삼겹살 2 (큰글씨책)

초판 1쇄 발행 2018년 6월 18일

지은이 정형남
펴낸이 강수걸
편집장 권경옥
펴낸곳 산지니
등록 2005년 2월 7일 제 333-3370000251002005000001호
주소 부산광역시 해운대구 수영강변대로 140 BCC 613호
전화 051-504-7070 | 팩스 051-507-7543
홈페이지 www.sanzinibook.com
전자우편 sanzini@sanzinibook.com
블로그 http://sanzinibook.tistory.com

ISBN 978-89-6545-534-9 04810
      978-89-6545-532-5 (세트)

* 책값은 뒤표지에 있습니다.
* 이 도서의 국립중앙도서관 출판예정도서목록(CIP)은 서지정보유통지원시스템
홈페이지(http://seoji.nl.go.kr)와 국가자료공동목록시스템(http://www.nl.go.kr/
kolisnet)에서 이용하실 수 있습니다.(CIP제어번호: CIP2018018028)

큰글씨책

삼겹살 ②

정형남 장편소설

산지니

차례

1권   꽃이 피니 봄이로구나 • 007

안락한 동네 • 028

강변의 갈대 • 058

향수의 마음자리 • 090

2권   세월의 부침 • 007

양지와 음지 • 051

가깝고도 먼 빛 • 079

떠난 자와 남는 자 • 104

해설: 고향으로 가는 길-구모룡 • 131

작가의 말 • 144

세월의 부침

겨울로 들어서면서 군인아파트 단지가 폐허처럼 변하였다. 사람이 살지 않는 주택단지. 스산하고 슬프기조차 하였다. 어디로 갔을까? 하룻밤 사이에 작전명령이 떨어진 듯 이동하다니. 겨울을 나기 위한 철새처럼 무리를 지어 가 버렸다. 주위의 서민들이 즐겨 애용하였던 복지회관 내의 목욕탕, 이발관, 구매점도 문이 굳게 닫혔다.

어이 된 기고? 이 사람들이 다들 어디로 간 기고? 목욕수건을 비닐백에 넣고 잰걸음으로 복지회관 앞에 선, 길 건너 할머니가 실망스러운 얼굴로 돌아섰다. 겨울을 재촉하는 한 줄기 비를 머금은 구름장처럼 복지회관이 우중충한 모습으로 할머니의 등을 떠밀었다. 바로 지척에 목욕탕, 이발관, 재래시장과 슈퍼마켓이 있지만 주위의 서민들이 즐겨 복지회관을 애용한 이유는 다른 곳보다 싸다는 것이었다.

아이들과 노인네들이 한데 어울려 물웅덩이에서 물장구를 치던 시끌벅적한 목욕탕만 하더라도 노인들로서는 떠나온 고향의 정서가 묻어나 정겹고 만만하기만 하였다. 오냐, 오냐. 네놈 고추가 제법 영글었구나. 우리 나이 때보다 잘 묵고 근심 걱정 없어노이 훨씬 숙성하단 말이야. 노인네들은 손주 같은 귀여운 애들의 고추를 어루만지며 세상물정 모르던 소싯적을 떠올렸다. 히힛, 할배는요, 거기도 터럭이 하얗네요. 우리 집 흰둥이 개도 그런데. 에끼놈. 나이가 들면 그런 법이다. 천 리를 달리는 백마도 젊었을 적부터 흰털을 지닌 것이 아니다. 우아, 할배는 거짓말도 잘한다. 삼국지에 나오는 유비가 탄 백마도 할배처럼 허리 굽고 힘 못 쓰는 늙은 말이었습니까? 꼬맹이들은 냅다 웃음을 터뜨리며 자맥질을 하였다. 비좁은 탕 안이 요란법석 물방울이 튀기는데도 노인네들은 꼬맹이들이 마냥 귀엽기만 하였다.

이발관은 더욱 서민적인 운치가 있었다. 오십이 넘은 이발사는 현대식 유행머리 깎기와는 거리가 멀었다. 나 말이여? 열다섯 살 때부터 이발가위를 들었어. 초등학교를 졸업하자마자 중학교 진학은 애시당초 꿈도 꿀 수 없어 기술이나 배우자고 마음먹었지. 할아버지 때부터 물려받은 논밭뙈기는 근근이 입에 풀칠이나 할 정도여서 그 가난을 대물림할 수는 없었던 거여. 평생 죽자고 농사를 지어 봤자 육신만 작살날 거라 생각했지. 시골에서 제일 배우기 쉬운 게 뭐겠어? 면소재지에 유일하게 간판을 내건 이발소에 들어가기로 했지. 그것도 엄청 지원자가 많아 경쟁이 치열했구만. 물론 죽자고 허드렛일이나 다름없는 조수 노릇 해봤자 겨우 밥 먹여 주는 정도였어. 월급 따위는 없었고. 그래도 운 좋게 이발소 조수로 들어갔지.

처음에 하는 일이란 손님 머리 감기고 청소하고 물 길어 나르는 일이었지. 가위라든가, 면도날은 쳐다보지도 못하였지. 주인 몰래 면도날이라도 만져볼라치면 불호령이 떨어졌어. 그래도 농사짓기 싫다는 일념으로 버티어 나갔지. 주인이 십 년도 넘게 사용하다 버린 이발가위와 면도날을 용케 손에 넣은 날, 하늘이 파랗게 열린 기분이었어.

그놈을 가지고 밤마다 똥강아지를 상대로 연습을 하였지. 그러다 보니 동네 똥강아지들은 전부 내 고객이 되어 이발을 하게 된 거야. 아, 저녀러 똥개가 뭔 털을 저렇게 이쁘게도 골랐다냐? 우리 집 황구랄 놈은 요상허게 털갈이를 했구랴. 마을 사람들은 이발한 개들을 바라보며 신기한 눈초리를 보냈지. 그뿐이었는감. 다 닳아빠진 면도날을 시험하기 위해 돼지 새끼를 붙들고 그 넓적한 귀를 깨끗이 면도해 주기도 하였지. 하여지간, 그렇게 밤마다 열심히 수련을 쌓은 보람이 있어 몰라보게 자신감이 붙었어. 이발사는 어른이고 아이고 머리를 깎으며 쉼 없이 자신이 걸어온 여정을 입에 담았다.

그래서요? 면도날이 목울대를 위험스럽게 스치며 귀밑 아래에 머물면 잔뜩 긴장해 있던 손님은 적이 안도감을 느끼며 다음 말을 재촉하였다. 날선 면도날이 툭 불거져 나온 목울대를 잘못 건드리기라도 하면 검붉은 피가 솟고 비명을 내지를 터였다. 돼지나 소 먹을 어떻게 따는가.

허허, 그렇게 익힌 기술을 슬금슬금 써먹을 때가 왔지. 주인이 갑자기 볼일이 있거나, 감기몸살로 누워 있을 때를 놓치지 않았어. 밤마다 수련한 솜씨를 발휘할 절호의 기회였으니까. 주인은 그때마다 문을 닫거나 밀린 수건을 빨게 하였는데, 손님 가운데 하나가 그날 꼭 이발을 하고 잔치나 행사에 참석해야 할 절박한 상황에 이른 거여. 야, 꼬맹아. 네놈이 면도라도 할 수 있겠냐? 아, 그럼요. 거울 앞에 앉으세요. 그 기회를 얼마나 기다렸는데 겸양지심을 내보이겠어?

물뿌리개로 머리카락을 축이고 조심스레 가위질을 하고 따스한 물수건으로 얼굴을 덥힌 다음 면도를 하였지. 똥개들을 상대로 한 이발보다 정성스러운 만큼 긴장감이 묻어났지만 손길이 부드러웠어. 더러는 신참답게 귓불에 면도자국을 낸다거나 턱 밑에 핏방울을 맺히게 하였으나, 손님은 상황이 상황이었는지라 만족스러워하며 지전을 호주머니에 찔러주었어. 물론 요금의 절반에 지나지 않은 수고비였으나 감지덕지 하였지. 기술을 인정해 주고 대가를 받았으니 그 감격스러운 순간을 어찌 말로 다 할 수 있었겠어.

그렇게 기술을 익혔군요? 면도를 끝내고 새로 태어난 듯한 거울 속의 모습을 매슬러보며 건듯 물을라치면, 물론이지. 그렇게 주인 대신 이발을 한 손님들의 입에서 솜씨를 인정하는 소리가 입소문으로 번져났지. 주인은 디룩한 눈망울로 긴가민가한 표정을 짓고 나서 정식으로 이발가위를 맡겼어. 그와 동시에 주인은 차츰 자기 시간을 즐긴 거여. 그만큼 나이가 들었고, 자신의 한계와 일에 대한 염증을 느낀 거여. 점점 위치가 공고해지면서 열심히 가위질을 하였지. 그러면서 비상을 꿈꾸었지. 독립을 해서 어엿한 이발관을 차리겠다고. 한적한 시골보다 대처로 나가야겠다고. 몇 년 악착같이 매달린 끝에 대처로 나왔지. 자격증도 얻었고, 없는 돈을 빚내 이발관도 차렸지. 정말 황홀하였어. 자부심으로 가득 찼고, 사장님 소리를 그냥 누워서 들었지.

그럼, 어째서 이곳까지 흘러왔는가요? 조금은 단도직입적으로, 자존심 상할 법한 질문을 던질라치면, 인생유전이라고 하지 않던가. 잘나갈 때 욕심을 내지 않고 처신을 잘해야 하는데 그만 도를 넘은 거여. 자족을 모르고 허욕을 부렸군요. 그런 셈이지. 주위의 부추김도 작용하였고. 한마디로 퇴폐이발소로 눈을 돌렸네요? 허욕의 정점이 그게 아닌감. 잘 빠진 여자 면도사 겸 안마사를 몇 두고 사업을 벌였지. 잘 나갔어. 돈이 다발로 들어오고 아랫배가 튀어나왔지. 삼삼한 안마사의 육보시도 심심찮게 받았고.

지금 그 뱃살이 그때의 잔해인가요? 기념비적인 추억의 산물이지. 그렇게 잘나가다 보니 주위의 시샘과 알력도 만만찮았어. 투서가 들어가고, 몇 번인가 단속반이 들이닥치고, 끝내는 감방 신세까지 졌지. 그 여정이 천국과 지옥을 넘나드는 기분이었어. 감옥에 있는 동안 죄수들의 머리를 깎아 주고 미화운동을 열심히 한 덕분에 좋은 인상을 심어 주었어. 마침 훈련병들의 머리를 깎는 일에 동참하게 되었는데 그 인연으로 여기 온 거야. 이제 황혼 아닌가. 자족하며 살아야지. 이발사는 달관자연하게 말하였다.

배불뚝이 구매점 담당관. 내일모레 퇴직을 앞둔 육군상사. 그는 목욕탕까지 관할하였는데, 대머리에 사복차림의 모습은 기강이 반듯하고 군기가 확실히 잡힌 군인이라기보다는 마음씨 좋은 구멍가게 아저씨를 연상시켰다. 개구쟁이 아이들로부터 팔십 노인에 이르기까지 마음 툭 터놓고 대하였다. 아저씨, 아저씨, 육군상사 아저씨. 오늘은 뭐 맛있는 것 들어왔는가요? 사병 둘을 거느리고 수송차에서 물품을 내릴라치면 학교를 파하고 집으로 돌아가던 애들이 헤헤거렸다. 오냐, 오냐. 맛있고 싼 것 많이 들어왔다. 집에 가서 엄마 손잡고 오너라. 두꺼비 배처럼 장사수완이 꽉 찼네요. 누가 모를까 봐서요. 울 엄마 손잡고 오면 과자만 사겠어요? 이것저것 부식을 사지요. 아이들은 굳이 엄마 손을 잡고 오지 않아도 싼값에 이끌려 엄마들이 구매점을 애용한다는 것을 잘 알았다.

생선류나 육류, 채소류 따위는 그 곁에 있는 재래시장을 이용하지만 그 밖의 간식용이나 주류는 구매점에서 샀다. 배불뚝이 상사는 웬만한 부인들이 어느 아파트에 사는지도 알았다. 농담도 시기적절하게 곁들일 줄 알았고, 귀꿈스럽게 가정사도 물었다. 바깥양반들이 다들 좋은 분들이에요. 실속도 있고요. 그만한 사회적 지위와 신분이면 온천장이나 시내 반듯한 이발소를 찾을 텐데, 한결같은 마음으로 아이들을 앞세우고 우리 복지회관을 찾아 주니 그렇게 고마울 수가 없어요. 그래서 말인데요. 목욕탕이나 이발소를 산뜻하게 리모델링할 수는 없으세요? 그거야 하루에도 몇천 번 그런 생각을 하지만 제 마음대로 할 수가 있어야지요. 무슨 말씀이세요. 새로 아파트를 증축하고 좀 더 내실 있게 활성화를 시켜야죠. 글쎄요. 그게 말이지요. 배불뚝이 상사는 거기에 이르면 언제나 말끝을 흐렸다. 그러니까 배불뚝이 상사는 그때 이미 군인아파트 단지가 주공으로 넘어가 새롭게 대단지 아파트로 조성된다는 것을 알고 있었던 것이다.

*

언젠가 남위원은 퇴근길에 배불뚝이 상사와 마주친 적이 있었다. 반갑습니다. 요즘은 웬일로 목욕탕과 이발소에 발길을 끊다시피 합니까? 배불뚝이 상사가 남위원을 먼저 발견하고 인사를 하였다. 그러게요. 외국나들이를 한 것도 아닌데 그리

됐습니다. 하긴, 선생님 같은 분들이 즐겨 찾을 만한 곳은 못 되지요. 지척에 온천장이 있는데. 별말씀을 다 하십니다. 얼마나 정겨운 곳입니까. 술이라도 한잔 할까요? 남위원은 진즉부터 그의 존재에 호감을 지니고 있었다. 군대생활을 할 때, 저질스럽고 표독스러운가 하면 변덕이 죽 끓듯 치사스럽기만 하던 선임상사 밑에서 마음고생깨나 하였는지라, 호인다운 그의 풍모가 마음을 다가서게 하였다. 좋지요. 이웃이라면 이웃지간인데요. 배불뚝이 상사는 수송차 운전병더러 먼저 가라 이르고 남위원과 어깨를 나란히 하였다. 남위원은 안교장과 강시인이 기다리고 있는 충렬시장을 들어섰다.

강원도 홍천에서 근무할 때, 옥수수로 빚은 술이 입에 쩍쩍 붙었지요. 그 맛에 전방생활의 외로움을 잊었어요. 배불뚝이 상사는 술집 분위기를 금방 알아차렸다. 두 사람은 할매집을 들어섰다. 안교장과 강시인이 먼저 와 기다리고 있었다. 가게 앞에 묵과 두부를 내놓은 술청은 비좁고 누추하였다. 방 안에서는 누룩 뜨는 냄새가 풍겨 나오고, 주방에서는 무청을 넣은 동태찌개가 김을 내뿜고 있었다. 안교장과 강시인은 배불뚝이 상사를 반겨 맞았다. 비좁은 장소가 꽉 들어찼다.

배불뚝이 상사는 흔연한 기분이었다. 손수 만든 손두부에다 무청을 넣은 동태찌개가 동동주와 잘 어울렸다. 강시인은 특별히 신경을 쓴답시고 할매더러 생선가게에 가서 삐득삐득 마른 가자미 두어 마리 사 와 된장을 발라 미나리를 곁들여 쪄 달라고 주문하였다. 할매는 동동주 한 됫박을 다 비우고 또 한 됫박을 달라고 하였을 때서야 강시인이 주문한 안주를 올려놓았다.

할매를 보니 저의 고모 옆집에 살았던 미망인이 생각납니다. 혹시 사모한 것은 아닙니까? 지금에 와서 생각하니 그런 셈이지요. 한창나이 적에는 누구나 연상의 여인을 흠모하지요. 누님 친구를 가슴 설레게 바라본다거나, 이웃집 새색시가 마냥 좋다거나 하지요. 그런데 배불뚝이 상사는 정반대였다. 고모 집에 갔다 하면 괜스레 심술이 났다. 수심 어린 듯한, 곱상한 미망인과 마주치면 심술을 부리고 싶었다. 애완용으로 키우는 개가 울 너머로 짖어대면 돌팔매질을 하였고, 수탉이 홰를 치면 대막대기로 쑤셔 댔으며, 돼지랄 놈이 배때기를 드러내 놓고 꿀꿀거리면 먹이를 떠 주는 바가지로 야정없이 머리통을 때렸다. 그것은 일종의 관심끌기의 심리적 반사작용이었는지 모르지만 고모님은 배불뚝이 상사만 오면 눈살을 찌푸리며 몸살을 앓았다. 미망인도 처음 얼마 동안은 무시하듯 참고 넘어가더니만 도가 지나치다 생각하자 아예 상종을 하지 않았다. 사람을 무시한다 싶어 오기 비슷한 게 차올라 집을 뛰쳐나간 길로 자원입대를 하였다. 그게 오늘날의 상사 모습이었다.

엉뚱한 발산이 운명을 바꾸어 놓았군요. 그런 셈이지요. 지금 후회해 봤자 소용없는 일이고……

그 뒤로 미망인의 존재는 잊었어요? 잊었다면 할매를 보는 순간 떠올랐겠는가. 세월이 흘러 상사로 진급하였을 때, 사죄라도 드릴까 하고 고모 집을 찾았다. 고모님은 백발이 성성한 노인네가 되었고 미망인은 좋은 사람 만나 재혼을 하였다고 하였다. 이번에는 제가 한잔 사겠습니다. 배불뚝이 상사는 부득부득 명장시장 용원횟집으로 이끌었다. 이 집은 강시인 단골인데 어찌 아십니까? 저도 단골이 못 되란 법이 없지요. 두어 번 군속들과 왔는데 젊은 부부가 친절하게 영업을 하더군요.

용원횟집 주인은 강시인을 먼저 알아보았다. 명장시장 뒷골목. 강시인이 길을 튼 용원횟집 말고도 정동진횟집, 목포홍어집이 나란히 자리 잡고 있는데 세 집을 순례자의 마음으로 찾았다. 오늘은 늦은 시간이어서 횟감이 좀 그렇습니다. 전작이 있으니까 양심껏 내와요. 강시인은 주인의 사심 없는 말에 흡족한 기분이었다. 나중에 이선생이 합석을 하였고, 배불뚝이 상사는 의외로 술이 약하였다. 소주 양주는 몰라도 동동주에는 약하다는 것이었다. 삼차로 목포홍어집을 가기로 하였는데 다음으로 미루었다.

배불뚝이 상사와는 끝내 목포홍어집을 가지 못하였다. 그 뒤로 자리 마련이 쉽지 않았던 것이다. 그 양반과 자리를 한 번 더 해야 하는데 어쩐지 잘 안 됩니다. 거나하게 빚을 갚아야 할 텐데. 강시인의 말이 아니더라도 폐허처럼 변해 버린 군인아파트와 복지회관을 바라보노라면 이발사와 배불뚝이 상사가 눈앞에 다가왔다. 장막을 둘러친 군인아파트는 동공상태로 버려졌다. 집 나간 똥개와 들고양이들도 얼씬거리지 않았다. 어떤 아파트단지가 들어설까? 우후죽순처럼 새로운 아파트단지가 들어설 때마다 쾌적한 문화공간이라고 눈을 번듯 뜨고 생활의 척도, 삶의 부가가치가 높아졌다고 말하지 않는가.

오늘은 배불뚝이 상사를 생각하며 홍어회를 맛볼까? 기분도 좀 그렇고. 그럽시다. 김여류께서 남위원 때문에 홍어 맛을 제대로 알았다고 하더군요. 아마, 이쪽으로 오고 있을 겁니다. 남위원은 강시인의 행보가 순발력이 있다고 생각하였다. 집들이를 하고 나서 무슨 모임 끝에 홍어집에 들러 홍어탕을 들었다. 그때가 언제였지? 기억이 잘 나지 않았다. 두 사람은 용원횟집을 지척에 두고 목포홍어집을 들어섰다. 김여류는 먼저 와 있었다. 남위원은 한사장과 김선장이 생각나 전화를 하였다. 오늘은 아침부터 주위의 분위기가 심기를 불편하게 하였다. 정년을 바라보는 위치 때문인가? 스스로 자문하며 희끗한 머리칼을 쓸어 넘겼다. 파삭한 기분. 이럴 때 가까운 지기들, 고향친구들과 마시는 한잔 술은 감로수였다. 한사장은 영업 중이라 하였고, 김선장은 산행에서 돌아와 피로한 얼굴로 나타났다.

가만있자, 어디서 본 듯한 얼굴인데…… 김선장은 홍어집

주인을 보자 뜨악한 얼굴로 머리를 갸웃하였다. 아따, 그렇게 나 모르것소? 김정성 누이동생 아니요. 내가 그 친구하고 한번 왔지 싶은데 술김에 찾아와서 긴가민가 했네. 김선장은 기억을 되살리며 새삼 반가움을 담았다. 그녀의 오라버니하고는 향우회를 결성하면서 막역한 사이가 되었다. 홍어삼합이 들어왔다. 거, 홍어애도 좀 주시구랴. 그렇잖아도 장만하고 있어요. 오실 때마다 홍어애를 찾아서 항상 여분으로 비축해 두는구만요. 사위가 와도 홍어애는 내놓지 않는다고 하였는데, 자네는 오나가나 복이 넘쳐. 김선장은 피곤한 얼굴로 나타날 때와는 달리 목소리에 산을 오르는 더운 기운이 일었다.

이 집은 홍어삼합을 제대로 갖추었어요. 김선장은 김여류의 예쁘장한 목소리를 뒤로 물리며 홍어애부터 맛보았다. 자네 아버지가 홍어애를 무척이나 좋아했었지? 좋아한 정도가 아니었지. 술꾼답게 풋보리 대궁이를 넣고 홍어애탕을 끓여 주어야 집안이 조용하였어. 김선장은 어려서부터 아버지가 해장국으로 먹다 남은 홍어애탕을 아침 반찬으로 들었다. 그게 오늘에 이르러 진한 향수로 배어나 술을 든 다음 날이면 종종 그리울 때가 있었다. 식생활도 따지고 보면 대대로 이어져 내려오는 습관성이 아닌가 해요. 저만 보더라도 어렸을 때부터 아버지께서 어선을 부린 탓으로 고등어회나 갈치회가 입안을 자극해요. 고등어회와 갈치회를 즐겨 먹었다면 보통이 아닙니다. 일반사람들은 생각지도 못하니까요.

김선장은 강시인과 맞대궁이를 하였다. 바다에서 막 잡아 올린 녀석의 싱싱한 살점. 혀끝에 와 닿는 그 미각을 누구나 맛볼 수는 없을 터였다. 우리의 식생활도 다분히 환경의 지배를 받는다. 강원도 저 깊은 산골에 숨은 듯 사는 사람들은 비릿하고 신선한 바다고기를 감히 상상이나 하겠는가. 제가 군에 입대하여 전방에 근무할 때, 신선한 생선회 한 점에다 술 한 잔 들이키는 게 제일로 소원이었어요. 기껏해야 천렵을 나가 흐르는 시냇물 돌 틈에 숨어 사는 피라미새끼들로 입맛을 달랬어요. 민물고기도 종류에 따라 맛의 깊이가 다르지요. 홍어찜으로 손길을 돌린 김여류의 얼굴이 연분홍빛으로 물들었다. 김여류뿐만 아니라 모두가 도도한 강물처럼 취기가 범람하였다. 세상이 상큼해야 하는데, 이럴 때는 넘치는 강물 위에 떠 가는 일엽편주가 될 수밖에 없었다. 그 가운데 사무친 그리움이라든가, 뼛속에 저민 슬픔 따위는 술잔 속에 녹아내리고 없다. 혼돈의 질서가 지배할 뿐.

*

남위원은 충렬사로 향하였다. 어젯밤 목포홍어집에서 깜박 기억을 놓았었는데 아침에 깨어나니 정신이 말짱하였다. 마지막으로 들어온 홍어탕이 숙취를 몰아냈지 싶었다. 주말이라 충렬사는 제법 붐볐다. 소통부재의 엄동설한 같았던 시절 함께하였던 동료가 맏딸을 시집보낸다는 청첩장을 아침에서야 확인하고 부랴부랴 내달은 것이다. 혼례식은 우리네 전통혼례였다. 퍽이나 고무적인 기분이 들었다. 전통혼례를 고집하는 그 마음을 알고도 남아서였다. 그만큼 우리네 것을 아끼고 사랑하였다. 차도 커피 대신 녹차를 즐겨 마셨고, 언젠가 방문하였던 그의 집 서재는 정갈한 우리네 고풍양식으로 꾸며 놓았었다.

잉어 떼가 한가하게 노니는 연못가는 코흘리개 아이들로 만원이었다. 비둘기 떼들이 코흘리개들을 에워싸고서 군것질을 함께 나누어 먹었다. 잉어와 아이들과 비둘기. 그들은 소통이 불가능한데도 새우깡이나 감자튀김으로 하나가 되어 즐거움을 나누고 있었다. 잉어는 물속에서, 아이들은 땅 위에서, 비둘기들은 날개를 떨치며 하늘을 나는 가운데 동질성을 누리고 있었다. 그 위쪽, 백일홍이 제 모습을 자랑하는 그늘 아래 한 무리 노인네들이 장기판과 바둑판을 놓고 삼매에 빠져 있었다. 모든 전경이 한가로웠다. 임진왜란 때, 구국일념으로 충절을 지켰던 넋들을 모신 충렬사의 평상한 전경이랄까. 혼례식장은 드넓은 야외식장이었다. 비좁고 답답한 결혼예식장과는 분위기부터 달랐다. 누구나 하례객이 될 수 있는 초례청. 외국에서 온 관광객들이 연신 카메라 셔터를 누르고 있었다.

와 주었구만. 어느덧 우리가 사위 며느리를 보게 되었어. 그게 인간사 아닌가. 축하하네. 남위원은 진심으로 축하를 하였다. 초례청에는 고락을 함께하였던 다른 동기들도 서넛 참석하였다. 모두 머리가 희끗하였다. 세월의 질곡과 함께 부침이 심각하였던 한 시절. 그들은 희생양의 면류관을 쓰고서 도리없이 덧없는 세월 속에 묻혔다. 혼례식이 끝나 갈 무렵 뜻밖에도 이수학이 반겼다. 강시인과 같은 학교에 근무하는 인연으로 요즘 들어 심심찮게 술자리를 함께한 터였다.

저에게는 선배님 됩니다만 무슨 인연이십니까? 나는 저 친구와 입사동기였어요. 우리 둘 다 오래 버티지 못하였지만. 남위원은 쓰겁게 말하였다. 노동운동의 선봉에서 직격탄을 맞고 맨 먼저 동기들이 나가고, 그들의 구명운동을 벌이다 남위원도 결국 퇴출되어 한동안 방황하였다. 시련의 한 단면이었다.

저 선배님도 마음고생이 많았어요. 잘 아시겠지만 몇 차례 직장을 전전하였으니까요. 그런 속에서 자녀들은 제대로 가르쳤어요. 보아하니 사위도 듬직하고 장래가 있어 보입니다. 이수학은 남위원보다 동기가 걸어온 길을 더 잘 알고 있었다. 혼례식이 끝나고, 남위원은 이수학과 동장대를 올랐다.

오랜만에 여기에 오르니 지나간 시절 한 여인이 떠오르네. 남위원은 물큰 추억을 깨물었다. 한동안 방황하던 시절이었다. 남녀 한 쌍이 다정하게 손을 잡고서 돌계단을 오르고 있었다. 남위원은 동장대 마루난간에 기대앉았다. 사방에서 불어치는 바람이 무수한 세월을 살다 간 영혼들의 소리인양 시나위가락으로 가슴을 때렸다.

아름다운 만남이었어요? 신선한 사랑의 시발점이었지. 더구나 그녀는 상처를 입은 마음이었어. 같은 동료 선배와 묵시적으로 장래를 다짐하였는데, 어느 날 다른 여자와 약혼을 하였다나. 그러니까 두 여자를 두고 이중주를 울렸군요. 그녀보다 경제적으로 우위를 점한 쪽으로 기울어진 거지. 결혼과 동시에 입시학원을 차려 주기로 하였다더군. 그녀의 상큼한 보조개가 실루엣처럼 다가왔다. 결혼이란 고대로부터 지참금을 위시하여 거기에 따라오는 부가가치를 중요하게 생각하였다. 오늘날에도 명예와 권세까지 염두에 둔 매관매직 같은 결혼이 얼마나 자행되는가.

그녀가 한낮 조용한 이곳을 찾게 된 것도 실연의 아픔에서 놓여나기 위해서였지. 실연의 아픔을 치유할 대상을 찾은 것도 이곳이었고요? 행운이라면 행운이었겠군요. 이수학은 한발 앞서 상상력을 재워 나갔다. 돌계단을 오르던 남녀 한 쌍은 두 사람을 의식하고서 그냥 뒤돌아섰다. 처음에는 남자라는 속물들을 경멸하려는 의도가 다분하였는데, 한 육 개월 남짓 그렇게 만났어. 최초로 그녀의 자취방을 방문한 그날이 마지막이 될 줄은 몰랐지.

그날 남위원은 그녀가 이끄는 대로 서원시장 근처 꼼장어집에서 술잔을 나누었다. 그리고 훈훈한 기분으로 서동 산비탈에 자리 잡은 그녀의 자취방으로 향하였다. 데려다 달라는 그녀의 요청을 거절할 수 없었다. 팔짱을 끼고 정답게 걸어 보기는 처음이었다. 자취방에 이르자 그녀는 집 주인이 며칠 시골에 내려갔는지라 잠깐 들어와도 괜찮다고 하였다. 궁색하고 초라한 집이었다. 말하지 않아도 집주인의 눈치를 살필 수밖에 없지 싶었다. 비좁은 자취방은 그런대로 깔끔하게 정돈되어 있었고 주인방과 마주한 벽면에는 책들이 잔뜩 쌓여 있었다. 그리고 무엇보다 그녀의 작은 화장대에서 풍기는 향수냄새가 신선한 자극을 주었다.

그녀는 술상을 차렸다. 남위원은 술잔을 거듭할수록 그녀가 사랑스러웠다. 마음 깊은 곳에서 소유욕이 일어났다. 그 마음이 곧 전이되어 그녀는 마음의 문을 하나씩 열었다. 이미 한 사내의 육체를 받아들인 그녀였는지라, 마음의 문을 열어젖히자 적극적으로 나왔다. 비좁은 자취방이어서 두 사람의 숨결은 더욱 가쁘게 파열음을 냈다. 한밤을 온전히 달군 사랑의 열정은 서로를 아낌없이 소유하였다. 그녀는 생각보다 뜨거운 열정을 지니고 있었다. 파르라니 떠는 그녀의 말초신경은 폭풍우로 변하며 격랑을 일으켰다. 소용돌이치는 격랑 위에서 남위원은 허우적거리며 그녀를 사랑하였고 유린하였으며, 서로를 소유하였다. 아침에 몽롱한 포만감으로 눈을 떴을 때 자취방은 엉망이었다. 꼭 지진이 일어난 전경이었다. 쌓아둔 책더미가 무너져 흩어졌고, 술상이 엎질러졌고, 옷가지가 널부러져 있었다. 강진과 여진이 몇 차례였던가.

뒤늦게 몸을 추슬러 생각하니 그녀의 다분한 계산속이었

다. 주말을 꿈속에서 지내고 나서 그녀와 약속한 날 장미꽃다발을 사들고 동장대에 올랐다. 그때만큼 발걸음이 가벼울 수가 없었다. 그런데 그녀가 보이지 않았다. 남위원은 안개구름처럼 실망감이 차올랐다. 그녀가 보이지 않다니. 상상도 할 수 없는 일이었다. 그녀의 자취방을 찾았으나 그녀는 종적을 감추고 없었다.

남성에 대한 대리복수심의 무엇 아니었을까요. 그렇게도 생각할 수 있겠지. 세월이 흐르자 좋은 쪽으로 가슴을 여미었지만 씁쓸한 배신감을 떨쳐 버릴 수 없었지. 어쨌거나, 한동안 진실하고 정겨운 추억을 수놓았다. 어차피 만나고 헤어지는 것은 필연의 무엇 아닌가. 그녀의 매정한 돌아섬은 겨울 밤하늘의 별빛처럼 가슴에 새겨졌으니까. 누구나 한 번씩 겪는 사랑의 상처 아닌가? 그 상처를 얼마나 아름답게 가꾸고 간직하느냐에 따라 이별의 본질이 달라지고 말이야.

따지고 보면 이별은 어머니 뱃속에서부터 비롯된다고 봐야겠지. 어머니 뱃속에서요? 이해가 잘 안 되는데요. 이수학은 놀라는 눈으로 반문하였다. 너무 근원적이고 아득한 본질로 나아가지 싶었다. 엄밀히 말해 어머니의 자궁 속이라고 해야겠지. 어머니의 자궁 속에서 세상 밖으로 나옴과 동시에 어머니와 누렸던 유대감을 상실한 것이다. 가위로 탯줄을 자름과 동시에 모체와의 영원한 이별.

그 별리의 아픔이랄까, 끈적한 모성애를 향유하기 위해 어머니의 젖가슴을 찾는다. 그것은 모태 속에서 누렸던 본질적이고 본성적인 향수의 무엇 아니겠는가. 어린 생명에게 갑작스러운 이별은 너무나 가혹하고 잔인할 것이다. 따라서 모유를 거부당한 오늘의 세태는 치유할 수 없는 슬픔을 본능적으로 안을 수밖에 없을 것이다. 메마른 세태의 시발이랄까. 그래서 심리적 갈등 요인이라든가, 표피적인 제반 문제가 사회 문제로까지 비약하지는 않는가? 성장기준으로 볼 때 무언가 평균율을 잃은.

그렇다면 결혼은 짝짓기 이전의 혼자라는 개념을 불식하고 싶은 원망공간의 한 형태 내지 본능적인 소망 아닌가요? 그런 결론에 도달할 수 있겠지. 더 나아가 결혼 자체도 이별을 수반한 전제가 깔려 있음 직하고……. 점점 미궁으로 빠져드는 기분인데요. 이수학은 수학등식으로 풀어낼 수 없는 담론에 눈을 깜박였다. 결혼은 혼자라는 개체로부터의 이별을 뜻하기도 하지. 남위원은 그녀로부터 놓여나기 위해 새 직장과 동시에 결혼을 하였다. 혼자라는 불안감, 그 개체로부터 탈출 내지 이별하기 위한 것이었다. 아무튼, 헤어짐은 불안을 낳는 거야. 잊어야 할 대상에 대한 미련과 불안, 그리고 새롭게 닥쳐올 새 대상에 대한 기대치에 따른 불안이 미묘하게 작용하지. 하여, 우리는 고독할 수밖에 없고, 어느 곳에서나 외로움의 그림자를 바라보게 되지. 이별의 쓰디쓴 추억을 짓씹으면서. 정말이지, 인간의 마음은 복잡해요. 불안요소가 가미될수록 시시때

때로 변화를 갈구하고요. 충렬사 경내에서 문을 닫을 시간이라고 안내방송을 하였다. 두 사람은 엉덩이를 털고 자리에서 일어났다. 바람이 키 작은 나무를 흔들었다.

*

충렬사를 나온 남위원은 이수학이 이끄는 대로 안락한 동네 군인아파트 앞 허름한 똘이네집을 들어섰다. 슬레이트로 엉성하게 지은 가건물, 조금은 불결하다 싶은 포장집인데도 뚱뚱한 몸피와는 달리 손끝이 그지없이 맵고 정갈한 똘이아줌마의 음식솜씨는 일품이었다. 그래서인지 허접한 술집인데도 제법 배짱 두둑한 사장족들에서부터 공무원, 공사판 인부들, 심지어는 지나치는 순찰대원들에 이르기까지 언제나 손님으로 붐볐다. 이수학의 단골이기도 한 똘이네집은, 처음 이수학에게 이끌려 들어섰을 때는 아닌 말로 썩 내키지 않았었다. 그러던 것이 한 번 두 번 찾는 사이 정겨움이 들었다. 하지만 이수학이 동행하지 않으면 그냥 지나치기 십상이었다. 뚜렷한 이유가 있는 것도 아니었다. 제각기 즐겨 찾는 취향이 다를 뿐이었다.

강시인을 부르지. 그럴까요. 혼자 치자나무를 돌보고, 조악한 땅을 파 뒤집고 있던데. 이수학은 강시인에게 전화를 하였다. 김화백이 찾아와서 용원횟집에 있다는데요. 이미 파장이라

이리로 온답니다.

그 사이 주문한 안주가 나왔다. 싱싱한 학꽁치며, 호루래기, 군소, 소라가 술맛을 부추겼다. 이 집의 지정 메뉴이기도 하였다. 바로 옆자리에서는 닭발과 돼지족발을 사이에 두고 상황버섯에 대해 이야기를 나누고 있었다. 오늘의 물주가 상황버섯 농장을 경영하는가 보았다. 홍보 차원의 술자리인 듯하였는데 한 사람은 열심히 재배에 관한 질문을 던졌고, 또 한 사람은 판로에 대해 걱정스러워하였다. 농작물은 수요와 공급이 평행선을 유지해야 하는데 그게 어려웠다. 물량이 많으면 값이 떨어지고 물량이 적으면 값이 치솟았다.

오늘은 가만스레 넘어가나 했더니, 방앗간을 그냥 지나치지 못하는군요. 강시인이 문을 밀치고 들어섰다. 구면인 듯 옆 좌석 손님들과도 인사를 나누었다. 김화백이 뒤를 따라 들어섰다. 김화백은 강시인과의 인연으로 종종 안락한 동네를 찾았다. 김화백은 어인 일이오? 저야, 형님들이 보고 싶어 울적한 기분을 털어 내자고 왔지요. 언짢은 일이라도 있었는가 보구만. 지금 돌아가는 시절이 울적하게 만들지 않습니까. 그림 그릴 맛도 나지 않고, 살맛도 덩달아 나지 않습니다. 그럼, 술맛이라도 나야겠네. 개좆같은 세상일수록 술맛은 더하지요. 허허, 단단히 꼬이는가 보네. 이쪽으로 작업실을 옮길까 하고 의논차 강시인을 찾아왔어요. 지금 있는 작업실은 어쩌고? 방금 말하지 않았어요. 시절이 팍팍하다고요. 점점 그림마당은 쫄

아들고, 월세야, 관리비야, 감당을 못하겠어요. 늦둥이 녀석은 아직도 대학생이지, 전업화가의 비애로움입니다. 이 나라는 강단화가들 세상 아닌가. 꼬박꼬박 나오는 월급 받아 챙기고, 적당히 학생들 지도하면서 부담 없이 그림 그리고, 전시회라도 열면 학부형이나 제자들이 떼거리로 몰려와 작품 값을 부풀리고. 경제적으로 고통 없이 그림을 그릴 수 있다면야 그보다 더한 행복이 어디 있겠는가.

어느 시대건, 어느 나라건, 예술가라면 가난의 대명사처럼 인식되었습니다만, 우리네 사회는 너무 경제적인 잣대로만 따져 예술가가 설 땅이 점점 좁아져 갑니다. 독서인구의 감소만 하더라도 심각하지 않습니까. 그런데도 예술가는 숫적으로 점점 불어나는 것은 무슨 이치인가요? 이수학은 한 점 이의를 제기하였다. 하긴, 진짜 순금과 액세서리는 질적으로 다르다. 그런 안목을 우리 사회는 가늠할 줄 몰랐다. 가짜가 진짜를 능가하는 진풍경은 어느 시대나 있었고, 진짜와 가짜의 진면목이 적자생존의 법칙에 의해 걸러진다고 하나 김화백의 고충과 고뇌는 이해하고도 남았다. 이쪽으로 작업실을 옮기면 경제적으로 무게를 덜 수 있다니 나로서는 환영이야. 남위원은 위로의 마음을 따북이 건넸다.

옆 좌석 손님들이 자리에서 일어났다. 오늘은 일찍습니다. 선생님들이 계시니까 마음껏 떠들 수 없어 다른 곳으로 장소를 옮기겠지요. 이차, 삼차까지 갈 겁니다. 강시인의 말에 똘이

아줌마가 그들의 뒷모습을 바라보며 주석을 달았다. 이해가 갔다. 한잔 술이 들어가면 누구나 목청이 커지고, 그러다 보면 자신이 위치한 공간개념을 망각하기 십상이었다. 옆 좌석과의 간격이라야 겨우 십 센티미터 정도인 비좁은 공간이 마음껏 떠들고 흥분하기에는 부적절하였다. 더 넓은 공간이 필요하다. 그곳이 어디인가? 그들만이 확보할 수 있는 공간을 찾아 나선 것이다.

우리 쪽에서 보다 자유롭고 편안해지려고 합니다. 멀리 생각할 것 없이 바로 앉은 자리가 도원경이라……. 너무 멀리 나앉아 이상을 펼쳐도 부질없고 허망한 물거품이 되기 마련이었다. 때로는 가까운 자리에서 누리는 짜릿한 자극제가 삶의 활력소를 주는데, 우리네 삶은 대체로 평상한 일상의 연속이어서 한없이 정체되어 흐르는 물을 연상시켰다. 하지만 똘이네 집처럼 수더분한 웅덩이 물에서 물고기가 살지 않는가. 평상한 일상 속에서 능동적인 양태와 수동적인 양태는 사뭇 다를 것이다.

똘이네 아줌마는 이수학이 새로 주문한 돼지족발에 듬뿍 양념을 묻혀 탁자 위에 올려놓았다. 순간, 남위원은 돼지족발이 일어서는 것을 보았다. 조립을 하듯 하나하나 꿰맞추어 일어서며 돼지랄 놈이 형체를 드러냈다. 엉덩짝을 남위원의 코앞에 들이밀고서 금방이라도 묽은 똥을 내갈길 듯하였다. 말아 올린 꼬리를 연신 장난스레 흔들며 호박잎 같은 두 귀를 실룩

거렸다. 맛있게 양념을 했네요. 이수학이, 강시인이, 김화백이, 먹성 좋게 족발을 뜯었다. 돼지가 비명을 질렀다. 그 비명소리를 아는지 모르는지 순식간에 세 사람의 입속으로 돼지머리가, 몸통이, 토실한 엉덩짝이 사라졌다. 뿌지직, 묽은 똥을 내갈긴 듯, 세 사람의 손마디에 시뻘건 양념이 묻었다.

이 맛있는 것을 왜 멀거니 바라보고 있어요? 이수학은 물수건으로 손바닥을 훔치며 남위원에게 족발을 권하였다. 남위원은 돼지족발을 입에 가져갔다. 이번에는 돼지 머리통이 남위원의 눈앞에 다가왔다. 깊고 검은 눈이 슬픈 빛을 드리운 채 앞으로 쑥 내민 코를 벌름거리며 침이 잔뜩 배어난 혀로 남위원의 입술을 핥았다. 갑자기 저팔계로 변할까 봐 눈살을 찌푸렸다. 그래, 어디 인물 보고 잡아먹나. 네놈 맛이야말로 그 어느 육덕에 비하나. 남위원은 농식이 기르던 똥돼지를 떠올리며 시원스럽게 술잔을 들이켰다.

인간의 손에 의해 죽어 간 생물들은 지옥이 따로 없을 것이다. 희생양이기에 지옥과 천국이 바로 인간의 뱃속일 것이다. 그와는 반대로 인간은 곳곳에 지옥이 도사리고 있음에랴. 탐욕스럽고 게걸스럽게 식탐을 부릴수록 지옥은 시궁창처럼 아가리를 벌리고서 시큼한 냄새를 풍기고 있다. 다만, 의식하지 못할 뿐. 남위원은 이수학을 바라보며 비싯 웃음을 지었다. 알딸딸한 얼굴로 술잔을 건네는 이수학의 행동거지에서 벌써 꼭지가 돈 듯싶어서였다. 이제 소리 소문 없이 자리에서 일어나

갈 길만 남았다. 이수학은 그렇게 처신하였다. 약간의 응석과, 조금의 실수와, 다소의 짓궂은 언사가 똬리를 튼다 싶으면 사라졌다. 현명한 자리매김이었다. 뒷자리가 분명하지 못한 사람은 호감을 주지 못하였다.

모두가 돼지 한 마리씩 통째로 뜯어 발기고 나서 비치적 원시인의 춤사위로 똘이네집을 나섰다. 일행과 헤어지고 나자 발걸음이 왠지 모르게 허정하였다. 허전하게 돌아서는데 서점의 불빛이 밝았다. 주위 점포들의 불빛이 꺼져 눈을 부시게 하는지 몰랐다. 책이나 한 권 살까? 인색스럽게도 술값 아까운 줄은 모르면서 책값 비싸다는 푸념들을 곧잘 하였다. 책과는 거리가 먼 사람일수록 그랬다. 남위원은 호기롭게 서점 문을 밀치고 들어섰다. 이쁘장한 주인은 컴퓨터 앞에 앉아 있다 반겼다.

*

오늘도 한잔 하셨네요. 술은 지상의 천국으로 인도하지 않는가요? 또 비꼬셔요. 그녀는 자신이 교인이라는 점을 재빨리 인식하며 받아넘겼다. 처음 이곳에 이사 와 서점에 들렀을 때 그녀는 아가씨였다. 속이 알찬 처녀로 보였는데 지내고 보니 주관이 뚜렷하였고, 나름대로 긍지와 자존심을 지니고 있었다. 불경기가 불어닥치면 제일 먼저 바람을 타는 게 서점인데도 꿋꿋하게 지켜나갔다. 그 마음이 돋보여 가끔씩 들러 농담을 곁들이며 독서량을 충족시켰다.

요즘 잘나가는 신간은 무엇이오? 저보다 더 잘 아시면서 그러세요. 겉포장만 번드르르한 베스트셀러는 거들떠보지도 않으면서요. 그런데 말이오. 이렇게 한잔 술에 취한 날은 누군가 곁에서 책이라도 읽어 주면 쉬이 잠이 들지 싶어요. 안방마님이 계시지 않아요. 다들 미녀라고 부러워하는데, 어련히 알아서 해 주시겠어요. 그런가요? 무슨 책을 읽어 달라고 할까. 아니지, 이참에 마나님에게 책 선물을 할까 부다. 점수 좀 따게. 남위원은 책을 골랐다. 마음에 드는 책이 쉬이 눈에 들어오지 않았다. 마나님께 책을 선물하시려고요? 젊은이들은 책 선물을 제일로 받기 싫어한답니다. 허어, 그런가요? 세상이 더욱 낙엽을 비질하는군요. 남위원은 자신도 모르게 한숨을 내쉬며 책을 골랐다. 독서의 함량은 그 나라의 미래를 가늠한다는데, 순간 사막으로 변해 가는 아프리카 밀림지대를 떠올렸다.

거기서 무엇 하는 거요? 돌아보니 문이 열리면서 안교장이 들어섰다. 마누라께서 책을 읽어 주지 않을까 하는 마음으로 선물용 책을 한 권 샀소. 어디서 푹 젖은 게요? 살풀이 모임이 있어서요. 그렇지 않아도 집으로 전화를 걸었더니 결혼식에 갔다고 하더군요. 마나님더러 책을 읽어 달라고 한 권 사시오. 꿈도 야무집니다. 술냄새 풍긴다고 쫓겨나지 않는 것만도 행운이오. 말은 그렇게 하면서도 안교장은 신간을 한 권 샀다.

서점을 나온 두 사람은 그냥 헤어지기가 무엇하여 이심전심으로 육교를 건너 북면막걸리집을 들어섰다. 강시인과 김화백이 거기에 죽치고 앉아 있었다.

이 사람들이 고이 헤어진 줄 알았더니 이곳에서 뜸을 들이는구려. 두 분은 또 무슨 바람입니까? 강시인은 자리를 내주었다. 주모가 눈꼬리에 잠을 매달고서 반겼다. 보다시피 서점에서 마주쳤소. 그래도 알량한 선비들입니다. 취중에도 독서삼매를 잊지 않으시고. 마누라더러 자장가 삼아 읽어 달라고 할 거야. 맙소사. 술만 취했다 하면 술과부가 되는데 눈치가 있으시오? 배짱 한번 좋습니다. 김화백은 짓궂은 얼굴을 하였다. 하긴, 우리네 생활양식이랄까 습성은 책을 읽어 주는 데 인색하였다. 조금이라도 가녀린 향수로 기댈라치면 퉁명스레 버거워할 것이고, 이이가 무슨 망령이냐고 샐쭉 눈을 흘길 것이다. 자정이 넘도록 술독에 빠져 있는데 환영할 마누라가 어디 있어요. 사치스러운 어리광이죠. 주모가 곁에서 거들었다. 눈 밑에 불그레 취기가 돌았다. 그럴 때 주모는 뼈 있는 한마디를 곧잘 하였다.

그림도 마찬가지일 게야. 사치스러운 경지를 떠나 화폐단위로 매김할 것이고, 진정 그림이 좋아서 걸어 두는 게 아니라 자신의 위치를 내보이기 위한 신분상승용 장식쯤으로 생각할 테니까. 누가 아닙니까. 화가로서 정말 자존심 상할 일이지요. 김화백은 자신의 처지를 잠깐 돌아보았다. 그림 한 점을 경제적 단위로 받아들이는 현실 앞에서 점점 설 땅이 줄어드는 기분이었다. 그림 한 점은 영혼의 피나 다름없는데 세속은 가볍고 현란한 색채를 좇았다. 화폭 위에 화려하게 피어나는 꽃은 향기가 없거나, 벌 나비가 찾는데도 그 바탕은 메마르고 건조하거나, 새가 지저귀는데도 울음을 들을 수 없는 그림들이 아무런 여과 없이 사탕발림에 현혹되어 자리매김을 하였다. 스승의 그림이기에, 동문이기에, 상거래의 선물용으로, 너저분한 인맥을 동원하여 값이 매겨지고, 그런 자들만이 어깨를 으쓱하며 대가입네, 활개를 쳤다. 한마디로 쓰레기 문화야. 그렇게 타박하고 일갈하면서도 우물을 청소하듯 휘저어 정화시킬 수 없는 것은 어째서인가? 자신의 한계치인가, 아니면 조잡하고 영악한 세속에서 과감하게 발을 빼지 못한 어리석음인가.

어느 시대나 사이비 얼치기들이 판을 치기 마련이오. 하지만 한 시대가 지나면 환몽에서 깨어나듯 이성들이 돌아오잖소. 얼마 전 길을 지나치다가 그러한 현상을 목격하였어요. 안교장은 같은 화가의 입장에서 공감하였다. 안교장은 그날 인쇄소 사장과 만날 일이 있어 차 한잔을 나누고 골목을 돌아나오는데, 가로수 아래 표구한 그림과 서예 대여섯 점이 버려져 있었다. 주위를 돌아보니 한 가게가 새로 영업 간판을 내달면서 실내장식을 하고 있었다. 그러니까 기존의 시설물 대신 새로운 감각으로 치장을 하고 있었다. 그림과 서예는 그 전에 걸려 있었던 장식이었다.

낙관을 보니 안교장도 알 만한 사람들의 그림과 글씨였다. 왜, 아까운 그림과 서예를 버리십니까? 안교장은 다소 애련한 얼굴로 물었다. 버려야지요. 알고 보니 세 치 혀에 휘둘려 고가로 구입하였더군요. 곰팡내가 나지 않습니까. 시대에 한참 뒤떨어진 실내장식부터 그렇게 농락당하다시피 하였는데 장사가 온전히 되었겠어요? 솔직히 말해서 저것들을 걸어 놓느니 잘 찍은 사진 몇 장이 낫지 싶습니다. 안교장은 그 말에 할 말을 잊었다. 양해를 구하고 그림 한 점을 들고 와 서재에 걸어두었다.

잘나가던 베스트셀러가 한 시절이 지나면 쓰레기통에 버림을 받듯, 예술가는 어느 시대를 막론하고 양심과 영혼을 헐값에 매판해서는 안 되지요. 시절이 혼탁하고 급하게 변할수록 자신을 지킨다는 게 어렵지. 수영도 잔잔한 물위에서 즐기는 것이지 급물살에 휘말리면 살려 달라는 목매임이 먼저 터져 나오는 법이야. 오늘의 세태가 꼭 급물살에 휩쓸려 허우적거리는 위기의식에 젖어 있어요. 김화백은 이 시대의 양심과 지조를 헐값에 팔 사람이 아니지. 강시인은 흘깃 벽시계를 올려다보았다. 오늘도 자정을 넘겼다.

예술가뿐인가. 정치가, 사업가, 하다못해 장사치에 이르기까지 자신의 지조를 적당히 팔아 가면서 자신의 존재양식을 망각하기 마련이지. 하지만 평가는 후대에 준엄하게 내려질 게야. 그래서 산다는 게 두려울 때가 많지요. 미래에 대한 불안감, 현재의 열악한 위치 등등, 늘 백척간두에 서 있는 기분이에요. 공감할 수밖에 없지요. 그걸 술이라는 최면제로 잠시잠시 잊고 싶어 하고요. 불안의 대명사는 어느 부류를 막론하고 현대인의 그림자 아닌가요? 안교장은 빈 주전자를 흔들었다. 주모는 매일 술꾼들의 이야기를 들으면서 무슨 생각에 젖을까. 각양각색의 취객들. 무념스레 들어 넘기면 모를까, 때로는 아릿한 무언가가 숙취처럼 뒷골을 칠 것이다.

*

아파트단지에 웬 고양이들이 이렇게 많아요? 모처럼 초저녁 맨숭한 기분으로 들어와 저녁상을 물리고 차를 마시고 있는데, 아내가 영 신경에 거슬린다는 듯 눈살을 찌푸렸다. 방자하게도 초저녁부터 비음과 괴성을 질렀다. 내다 버린 고양이들인가? 남위원은 혀를 찼다. 빌어먹을 놈들이 아파트단지에 살고 있는 사람들 눈치도 보아 가면서 은밀하게 사랑놀음을 할 것이지, 초저녁부터 물불 가리지 않고 괴성을 질러 대며 나뒹굴면 어떡하나. 아담한 정원 같은 공간이 눈에 들어와 전원생활이 따로 없겠구나 싶어 남들이 기피하는 일층에 들어 한동안 꽃씨도 뿌리고 나무도 심어 제법 살뜰한 운치를 만끽하였다. 그렇게 한 이 년 정성을 기울였는데 관리소에서 통일된 정원을 가꾼답시고 포클레인으로 무참히 짓이겨 버린 위에 판박이 나무들을 심었다.

어처구니없고 비윗장이 틀어져 거들떠보지도 않았는데 어느 날 고양이랄 놈이 야옹거렸다. 누구네 애완용 고양이가 잠시 나들이를 나왔는갑다, 생각하였는데 웬걸 한두 달 지나자 귀염성 있는 새끼들을 거느리고 있었다. 허, 그놈들. 주인을 찾아갈 줄 모르고 아예 둥지를 틀었구나. 별로 성가신 존재로 여기지 않아 어쩔 때는 먹다 남은 고기를 간식으로 던져 주었다. 그러던 것이 급기야 그 숫자가 늘어나면서 어디서 몰려왔는지 밤이면 고양이들로 잠을 설쳤다. 떼거리로 아파트단지 구석구석을 돌아다니면서 쓰레기통을 헤집고 괴성을 질러 댔다. 정말이지, 새벽녘까지 지칠 줄 모르고 질러 대는 음산한 괴성과 비음은 잠을 설치게 하여 짜증을 불러일으켰다.

이건 단순한 오염이 아니다. 그렇게 생각한 주민들은 들고양이 퇴치운동을 벌이자고 반상회 때마다 열을 올렸다. 하지만 뾰족한 대책이 없었다. 낮이면 어느 구석에 숨어 있는지 종적을 감추었고 밤이면 잽싸기가 나는 새보다 더하여 잡을 수가 없을뿐더러, 모두가 직장에서 돌아와 피로에 떨어져 잠든 사이여서 누가 선뜻 고양이를 잡자고 나서지도 않았다. 그저 귀찮은 존재일 뿐이었다. 쥐약을 놓자는 안건도 나왔으나 영악한 고양이들에게 통하지 않았다. 밤이면 사람이 사는 아파트가 아니라 들고양이들의 무법천지였다.

무언가 대책을 세워야겠어요. 어째서 바퀴벌레와 들고양이는 정력에 좋고 미용에 좋다고 선전하는 사람이 없죠? 사람들은 몸에 좋다면 물불 가리지 않고 못 먹는 게 없잖아요. 바퀴벌레는 몰라도 고양이는 예로부터 악창을 다스리고 괴질과 심복통에 좋다고 하였지. 그렇게 요긴하게 쓰이는데 왜들 생각이 미치지 못하죠? 현대의학이 모든 걸 시원스럽게 해결해 주는 덕분이겠지. 양약보다 한방이 더 우선할 때가 있어요. 새삼스레 한방의 효용성이 대두되지 않아요. 또 모르지. 유행이라도 타면 씨를 말릴지. 유행에 제일로 민감한 백성들이 아닌가? 그렇게만 된다면야. 바퀴벌레의 효용성부터 부각시켰으면 해요. 한때 지렁이가 정력에 좋다니까 너도나도 토룡탕에 코를 박았듯이 말이에요.

아내는 이불을 둘러썼다. 남위원은 번식력에 대해 잠시 생각하였다. 번식력은 곧 생명력인데 대체로 연약한 생명일수록 번식력이 강하였다. 먹이사슬에서 최하위 단계로 내려갈수록 수명이 짧은 만큼 왕성한 번식력을 자랑하였다. 생명력이 짧다는 것은 힘이 약하다는 것을 의미하고, 보다 힘센 자에게 잡아먹히는 데서 생존율을 높일 필요가 있을 것이다.

초저녁부터 들고양이들이 괴성을 지르며 난리를 피우더니 새벽녘에는 빗방울이 후둑였다. 강시인, 풀피리 시인과 함께 범어사 성보박물관에 가기로 하였는데 비가 오다니. 그리 많은 양은 오지 않을 듯싶은데 기분이 명쾌하지 못하였다. 아침을 들고 약속장소인 아파트 정문 앞으로 나갔다. 일요일이어서 정문 앞이 한산하였다. 평일에는 출근인파와 차량들로 자원교통안내원의 호루라기 소리가 요란한데, 비마저 추적거려 차가운 고요가 떠돌았다.

벌써 나왔어요? 풀피리 시인이 택시에서 내리며 밝은 얼굴을 하였다. 언제 보아도 밝은 모습이어서 동심을 찾아볼 수 있었다. 강시인은 차를 두 사람 앞에 세웠다. 상큼하게 이발을 새로 하였다. 잠을 제대로 못 잤는가 봐요. 강시인은 백미러로 남위원을 훔쳐보았다. 눈가에 약간 장난기가 흘렀다. 들고양이들이 밤새도록 괴성을 지르는 바람에 잠을 설쳤어요. 그놈들 지독한 사랑을 하였군요. 덕분에 그 열정이 화염처럼 가슴에 인화되었겠어요. 남위원은 지그시 눈을 감으며 시트에 몸을 맡겼다. 도로는 한산하였다. 범어사에 도착하여 성보박물관 앞에 이르자 박물관장 스님이 이제 막 문을 열고 있었다. 박물관에서는 심무의 전각작품을 전시하고 있었다. 박서예가 그룹과는 따로 전시회를 하는가?

남위원은 전시장을 눈으로 일별하였다. 그간의 작품들을 빼곡하게 전시하였다. 작품량이 상당하였다. 지칠 줄 모르는 예술혼. 압도당할 만하였다. 풀피리 시인과 강시인은 꼼꼼하게 작품을 감상하였다. 심무를 알게 된 것은 동래구청 근처 복천동박물관으로 오르는 길목에 자리 잡은 찻집이었다. 풍성한 분위기를 자아내는 주인은 노처녀였는데, 마음씨가 설렁설렁하고 막힌 데가 없어 여러 부류의 사랑방 구실을 하였다. 남위원도 조시인과 구박사 셋이서 성전암 주지의 후원에 힘입어 동인지 형식의 부정기간행물을 내기 위해 그곳에 모여 편집회의를 하곤 하였다. 일주일에 한두 번쯤은 퇴근과 동시에 웅숭깊은 차 맛을 즐겼다. 그러던 어느 봄날이었던가? 심무의 전시회를 다녀온 주인의 얼굴 화색이 예전 같지가 않았다. 무슨 좋은 일이라도 있느냐고 농담 반 진담 반 묻자, 자신이 기거하고 있는 방을 심무의 작업실로 제공하기로 하였다는 것이었다. 노처녀가 한눈에 반하였나? 주위 사람들은 실풋이 웃음을 지었는데 아니나 다를까, 심무가 안방을 차지하고 들었다. 찻집 전체가 심무의 작업실로 탈바꿈하였고, 우리들은 그 분위기가 좋아 더욱 출입이 잦았다. 작품도 한 점씩 선물 받고 전각에 대한 지식도 은연중 얻어 들었다. 수강생들도 더러 드나들었고 뒤늦게 떡대 같은 아들도 얻더니 온천장으로 자리를 옮겼다.

남위원은 이틀 전 박서예가의 전화를 받았다. 정작 초대전을 해 놓고 사찰 측의 홀대와 무성의가 마음의 상처를 준다면서 다소나마 성의를 베풀어 주었으면 좋겠다는 것이었다. 남위원이 박물관장을 잘 아는지라 중간에서 가교역할을 좀 해 달라는 것이었다. 차마 거절할 수 없어 오늘 약속을 하였다. 그분들은 사천왕문을 들어서는 곳에서 전시를 합니다. 길거리에서요? 남위원은 적이 놀랐다. 아마추어들도 아니고, 그래도 내로라하는 일군의 작가들인데 심무의 전시와는 달리 장소부터가 푸대접이랄까, 자존심이 상할 법도 하였다. 사중 스님들의 양식 문제이기도 하였다. 그러게요. 제가 잠깐 출타하고 없는 사이 장소가 마땅찮아 사람의 왕래가 비교적 잦은 그곳에 전시를 한 모양입니다. 심무와 결코 차별하자고 그런 것은 아닙니다. 박물관장은 궁색하게 변명하였다. 자신도 서예와 사군자를 취미 삼아 하는 터여서 미안한 마음을 지니고 있었다.

비가 오는데 전시가 되겠어요? 그렇군요. 가 보십시다. 박물관장의 무심한 경계를 뒤따라 밟으며 사천왕문을 들어섰다. 알만한 서예가들과 화가들이 비를 맞으며 전시작품을 챙기고 있었다. 비도 오고 재미도 적어 예정일보다 일찍 마치기로 하였다는 것이다. 총무를 담당한 친구가 박물관장과 남위원을 따로 불러 그간의 불만과 사정을 하소연하였다. 전시 장소부터가 당초 주지와 약속한 것과는 거리가 멀다는 것이었다. 하다못해 닷새간의 경비라도 내려 주어야 하는데 내몰라라 까맣게 잊고 있다는 것이었다. 남위원은 무심의 경지가 지나쳤다고 생각하였다. 박물관장도 그 점을 선선히 시인하였다. 주지스님께 말씀드려 사과를 드리도록 하겠습니다. 보상차원에서요. 가십시다. 저의 절에 가서 차라도 한 잔씩 나눕시다. 박물관장은 흔쾌한 기분으로 앞장섰다. 그렇게 시원스레 소통될 일을 가지고 두통을 앓다니. 한편으로는 순진한 구석이 없지 않았다.

*

　일행은 사자암에 들어섰다. 몰라보게 정비를 하였다. 주위에 불고기집들이 에워싸고 있는데도 산의 정기를 고즈넉이 머금고 있었다. 추녀 끝에서 떨어지는 낙숫물소리가 거문고 소리만 같습니다. 강시인은 마루에 엉덩이를 내려놓으며 가슴을 모두었다. 시대를 한참 거슬러 올라가 할아버지의 할아버지를 뛰어넘는 시절, 그 누군가가 튕겼음 직한 가락이 빗방울에 맺혀 나왔기 때문이었다. 전생의 전생에 들었던 음률인가? 한 세대, 한 시절이 가도 산천초목은 변함이 없다고 하였던가?

　박물관장은 경계심 없는 얼굴로 차를 다루었다. 비 먹은 차 향은 여리고 새침한 여인네의 가슴을 지니고 있었다. 그러자 어느 여인의 봉긋하고 비릿한 젖가슴이 눈앞에 다가왔다. 첫사랑이라 해도 좋고, 아무튼 가슴 깊이에서 묻어나는 향기였다. 벽면에는 스님이 손수 친 그림과 글씨가 가지런히 걸려 있었다. 방 안 전경이 정갈함 그것이었다.

　그 다기는 퍽 낯익습니다. 눈썰미 하나는 예리합니다. 무형의 작품입니다. 박물관장은 새삼 무형의 인생역전을 떠올렸다. 만성암 위쪽, 금정산 오르는 등산로 곁에 버려진 듯 숨어 있던 퇴락한 요사채를 수리하여 무형을 들게 하였다. 주말이면 주위의 알량한 친구들이 모이게 되었고, 어느덧 무형이 기거하는 요사채는 사랑방 구실을 하였다. 아직은 설익은 솜씨였지만 요사채 옆에다 비닐하우스 도자기 공방을 지었다. 심성이 끈기가 있고 우직한지라 밤낮을 가리지 않고 최선을 다하였다. 노력한 보람이 있어 차츰 눈과 마음이 트이면서 흙 다루는 솜씨가 늘었다. 주위의 부추김에 못 이겨 어줍잖게 전시회를 열고 나서 자기 몫을 다하였다. 수강생들이 문지방을 넘나들며 배우러 왔다. 어떻게 생각하면 눈물겨운 고행이나 다름없었다. 그러던 것이 만성암 주지가 새로 들어오고부터 대대적으로 정비를 하는 바람에 자리를 옮겨 갔다.

만성암 위쪽 요사채에 있을 때는 주말마다 없는 시간을 쪼개어 모닥불 주위에 앉아 술잔을 나누었지요. 그 친구, 턱수염 더부룩한 장비 같은 얼굴로 돌판 앞에 앉아 지글지글 구워 낸 삼겹살이 일미였어요. 남위원은 금방 추억에 젖었다. 주말이면 무형은 어김없이 널찍한 돌판을 불에 달구었다. 약속이나 한 듯 제각기 배낭에다 쌀이며, 생선이며, 술이며, 삼겹살 따위를 짊어지고 왔다. 그리고 돌판 주위에 빙 둘러앉아 밤을 지새웠다. 그 가운데 단연 으뜸인 것은 삼겹살로, 불에 달구어진 돌판과 가장 궁합이 잘 맞았다. 그렇게 거나하게 취하면 누군가 화선지를 꺼내고, 오화백을 비롯하여 기개 넘치는 친구들이 도도한 취흥으로 붓대궁이를 놀렸다.

그때 어울렸던 사람들이 어찌 생각하면 무형에게는 은인들이지요. 오화백을 비롯하여 모두들 흩어졌지만 아직도 여전히 찾아오는 벗들과 잘 어울립니다. 이왕 오셨으니 같이 가 봅시다. 저도 지척인데도 가 본 지가 꽤나 오래 되었습니다. 그럽시다. 강시인과 풀피리 시인도 시 한 수 수놓듯 달항아리에다 새기고, 박서예가도 붓 한번 놀리시고요. 박물관장은 붓 한 자루를 손에 들고 자리에서 일어났다. 제대로 일판을 벌일 모양이었다. 건듯 김종식 그림비를 지나쳐 들어서니 뜻밖에도 무형은 안교장과 차를 나누고 있었다.

내가 여기 있는 줄 어이 아셨어요? 안교장은 깜짝 반기는 얼굴로 자리에서 일어났다. 안교장이야말로 무슨 바람이오? 저야, 무형과는 오랜 구면이지요. 비 먹은 날이면 가끔 찾아옵니다. 오늘은 범어사에서 귀한 분들이 전시회를 한다기에 한가한 마음으로 오르다 이곳에 먼저 들렀어요. 안교장은 범어사 아래 휘늘어진 노송을 스케치하러 왔다가 무형과 알게 되었다. 무형이 안교장 곁을 지나치다가 그림에 관심을 보이더니 전시준비를 하는데 달항아리에 그림 한 점 쳐 줄 수 없느냐고 어렵게 부탁을 하였다. 그게 인연이 되어 세월의 무게를 나누어 가졌다. 그럴 줄 알았으면 함께 오를 걸 그랬소. 우리도 전시장에 들렀다가 내려오는 길이오. 남위원은 박서예가와 풀피리 시인과 강시인을 소개했다. 무형은 새로 자리를 마련하겠다면서 술과 안주를 주문하였다. 곧바로 오토바이 소리가 나고, 주문한 안주와 동동주가 배달되었다.

공간이 널찍하니 자리가 잡혔어요. 박물관장 스님께서 신경을 써 주셨어요. 수강생들도 더러 있는가 봐요. 요즘 같은 불경기에 수강생들 덕택으로 유지하고 있습니다. 저쪽 공방은 수강생들 차지입니다. 이제 대가의 반열에 들어 튼실하게 뿌리를 내렸다고 해야겠지요. 안교장은 덧붙여 말하였다. 무슨 일이든지 한 가지만 고집스럽게 일구어 나가면 뿌리를 내릴 터였다. 무형은 한쪽 구석에 세워진 돌판을 가져와 불을 달구었다. 그건 옛날 우리들이 사용하던 것 아니오? 맞습니다. 제 보물 일 호입니다. 특별한 사람들이 올 때만 선보입니다. 무형은 돌판을 가운데 놓고 가스불로 달구었다. 남위원은 옛날로 돌아간 기분이 들었다. 일행은 돌판 주위에 둘러앉아 술잔을 나누었다.

사하촌도 점점 낯설게 다가와요. 시절과 더불어 변하는 게 당연하지요. 이곳도 부침이 심합니다. 토박이로 자처하는 몇몇 장사집을 제외하고 전부가 뜨내기나 다름없습니다. 순환도로가 나기 전에는 한잔 술로 등허리의 땀을 식히며 오솔길을 쉬엄쉬엄 올랐는데, 그때가 그리워요. 향수라고나 해야 할까. 편리함은 좋은데 때로는 가슴에 우러나는 낭만과 정서를 메마르게 하지요. 그래도 산기운은 여전합니다. 더구나 이맘때의 산기운은 청상과부의 가슴만 같아 저절로 달항아리가 빚어집니다. 그 달항아리에다 박서예가께서 깊고 은근한 글을 새겨 넣어야겠습니다. 어디 나만 새겨 넣을 수 있겠어요. 시인의 마음은 더욱 간절하고 웅숭깊을 텐데.

돌판 위의 삼겹살이 어지간히 바닥이 났을 때는 모두들 취기에 젖었다. 무형은 뚜벅한 걸음으로 글과 그림을 새겨 넣을 항아리와 대접사발을 가져왔다. 이거, 생각지도 않은 고역을 치르게 되었네요. 아무래도 스님과 박서예가께서 시범을 보여야겠습니다. 강시인의 즐거운 비명은 후두기는 빗소리에 묻혀 들었다. 두 사람은 호흡을 가다듬고 나서 차례로 붓을 들어 일필휘지로 달항아리를 둘러쳤다. 무형은 퍽 만족스러워하였다. 예기치 않은 귀한 작품을 얻은 것이다. 남위원에 이어 안교장, 풀피리 시인, 강시인에 이르기까지 힘겹게 한 점씩을 치고 물러나 품평회를 가졌다.

아무리 매슬러 보아도 우리들은 엉망이오. 풀피리를 그려 넣은 풀피리 시인은 풋풋한 웃음을 지었다. 추사체가 어디서 나왔습니까. 쉰 살이 넘어 제주도에서 귀양살이할 때, 코흘리개 아이들이 글을 배운답시고 붓과 종이가 없어 땅바닥에다 막대기로 글을 쓰는 것을 보고 문득 체달하지 않았어요. 동심으로 돌아간 그 비움. 천연한 마음자리가 중요한 게지요. 어쨌거나, 기념이 되지 싶습니다. 제가 성의껏 구워 내겠습니다. 무형은 결론을 짓듯 말하고, 이번에는 오리불고기를 돌판 위에 올렸다.

그런데 저 시구(詩句)는 어디서 따온 것입니까? 술잔을 들며 안교장은 박서예가가 달항아리에 새겨 넣은 시를 가리켰다. 퇴계가 쉰일곱 되던 해에 쓴 것입니다. 퇴계가 도연명을 좋아하였어요. 고향에 내려가 읊조린 시 대부분에 그러한 소망이 깃들어 있어요. 어디 퇴계 이황뿐이었는가. 그 시대는 모두가 정치가요, 학자요, 시인인가 하면 문장가였다. 요즘 위정자들이 그 점을 본받아야 하는데 함량 미달이라 할까.

정치는 사람의 도리를 올바로 일깨워 선도하는 그릇인데, 사물을 바라보는 심성들이 너무나 인색하고 메말라 있지 않는가. 패거리 선동구호나 일삼고. 남위원도 한때 그런 유혹에 휩쓸릴 뻔하였다. 마음이 풍요로우면 인심이 너그러운데, 각박하고 살벌하다는 느낌을 주는 것은 마음이 궁핍한 때문일 것이다. 숲이 울창하면 새와 짐승이 찾아드는데 어찌 보면 패거리 문화가 판을 치는 이유도 각박한 현실 속에서 두려움을 떨쳐 버릴 수 없어서일 것이다.

남위원은 한사장 처가마을 당산나무를 눈앞에 떠올렸다. 누대로 사람은 생사를 거듭하였으나, 당산나무는 뿌리를 굳건히 내리고서 흔연한 자태로 마을의 역사를 나이테 속에 간직하고 있었다. 그 점을 잘근 깨물게 되면, 이 시절의 혼돈은 질서가 무너진 탓도 있었다. 자유분방함 속에 엄연한 질서가 흐르는 시냇물처럼 자리해야 하는데, 방종과 타락을 부추기는 방만함만 있을 뿐, 자기성찰이 없었다. 무언가에 종속되어야만 하고 휩쓸려 들어야만 처신할 수 있다는 강박관념이 자리하였다.

무형은 마무리를 짓는다는 듯 기름기 묻은 투박한 손을 씻고 차를 내왔다. 덥수룩한 구레나룻하며, 툭 튀어나온 왕방울

눈하며, 투박하고 거친 손마디와는 달리 차를 다루는 마음씨는 여리고 고왔다. 겉보기에는 산적두목 같은 인상인데 사귈수록 편안하고 욕심이 없는 진국이었다. 요즘 세상에 너무나 겉치레적인 빤질한 부류들이 얼마나 많은가. 겉은 달고 박속 같은데 속은 검고 노회한 부류들. 차로 입가심을 하고 나자 박물관장이 먼저 자리에서 일어났다. 호출이었다.

우리도 일어납시다. 일행은 도시고속도로를 타고 안락한 동네에 도착하였다. 강시인은 차를 집에 두고 와야 홀가분할 것이다. 박서예가는 남위원이 여러모로 도움을 주었고, 박물관장이 촌지도 주었다면서 남위원더러 앞장을 서라고 하였다. 풀피리 시인이 큰길가 포장집을 가리켰다. 이제 막 문을 열었는지 주인은 주방을 정리하고 있었다. 어머나, 깜짝이야. 오늘은 웬일로 이렇게나 일찍습니까? 포장집 주인은 그 몸피에 어울리지 않는 얼굴로 반겼다. 일행은 자리를 잡고 앉았다. 비좁은 공간이 가득 찼다.

이 빨간 담요는 이선생의 전용 아닌가? 풀피리 시인은 빨간 담요를 뒤로 물리며 정겹게 말하였다. 이선생은 밤늦게 이 집에 들면 빨간 담요를 뒤집어쓰고 자기 집 안방에라도 든 양 잠이 들었다. 편안하고 순진한 술자리 수면이었다. 말이 나왔으니까 이선생을 부르지요. 안교장의 재촉에 남위원은 이선생을 불러냈다. 이선생은 바둑을 한판 두고 가볍게 한잔하다 말고 왔다. 안주는 우선 고래고기로 합시다. 무청으로 우려낸 토장

국도 가히 일품이고요. 박서예가는 뚝사발에 담겨 나온 토장국 맛을 잊지 않고 있었다. 묵은 신김치는 어떻고요. 아마 한이삼 년 묵었지 싶습니다. 안교장도 맞장구를 쳤다. 어머니의 손맛, 장맛, 된장맛이야말로 천하의 별미 아닌가. 아주 소담한 것일지라도 어머니의 손맛, 그 향수 어린 진국이 묻어나면 산해진미를 능가하였다.

이 고래고기는 어쩌면 일본을 왕래하는 쾌속선에 부딪쳐 육신공양을 하게 된 것 아닌가 모르겠어요. 그럴 가능성도 있을 법하지요. 지난해 여름 대마도를 다녀오는데, 여객선이 고래와 부딪쳐 잠시 멈춘 적이 있어요. 안하무인격으로 내달리는 쾌속선이 얼마나 마음에 들지 않았으면 죽음을 마다하지 않고 돌진하였겠어요. 그게 아니라 자살을 시도하지 않았을까요? 기하급수로 숫자가 늘어나는 고래사회에서 그에 따른 스트레스와 갈등, 나아가 회의와 절망이 차오를 수도 있지 않겠어요. 그들도 자살사이트 같은 반사회적인 갈등요인이 있을까? 하긴, 어느 사회나 회의와 갈등요인은 있기 마련이고 자살충동은 시대적 반영이기도 하다.

그렇다면 고래고기를 다른 각도에서 음미해야겠어요. 우리 모두를 대신한 희생양일 수도 있어요. 우리도 한 번쯤은 자살을 생각하지 않는가요? 허허, 신전에 바쳐진 제물만 같습니다. 모두가 너털웃음 속에 술잔을 채웠다. 빗방울은 더 거세어졌다. 이선생은 어느새 빨간 담요를 뒤집어썼다.

빨간 담요 속에서 옛 추억이 묻어날 게요. 고등학교 때 자취하였던 시절이 알싸하게 묻어나요. 잠든 줄 알았던 이선생이 한마디 거들며 돌아누웠다. 누구나 겪었음 직한 추억. 얄상맞게도 삼십 대가 넘으면 지나온 일들을 망각하기 쉬운데 그 이전의 추억은 언제나 새롭게 다가왔다. 인간의 삶이란 특별한 것도 아니었다. 늘상 반복되는 생활 속에서 새로울 것도, 기억 속에 저장할 것도 없었다. 짜릿한 연애시절 말고는 편지 한 통 쓰는 것도 박제되어 버린 지 오래되었다. 감정이 고갈되어서가 아니었다. 생활의 반추, 시계추와도 같은 일상이 그렇게 도색을 하였다. 한번 실내장식을 하면 빛이 바래질 때까지 하나의 공간을 설정하듯, 정체된 일상에서 비상을 시도하고 새로운 전환점을 누리기 위해 기껏 한잔 술로 일탈을 시도하지 않는가. 어찌 생각하면 정체된 공간 속에서 비울 줄 알아야 온전한 삶을 누릴 수 있는데 어디 그런가. 허접한 일상을 비우고 또 비우고, 자주 비우는 가운데 허공계가 열리지 않는가. 꽉 차 있으면서도 비어 있고, 충만한 가운데 영혼이 숨 쉬고……

언젠가 여기서 술 마시고 택시를 타면서 벗어 놓은 신발 어찌 되었어요? 아, 그 구두? 소중하게 간직하고 있지. 보배로운 기념 아닌감. 박서예가는 남위원의 말에 금방 추억에 젖으며 안주를 더 시켰다. 이선생도 그 말을 듣고 부스스 붉은 담요 밖으로 나왔다.

양지와 음지

철길 건너 안락골목 시장은 오랜 비바람을 맞은 옛집처럼 낡고 우중충하였다. 언제 보아도 음산한 기운이 떠도는 가운데 그만그만한 부류들이 들고나며 일용양식을 거래하였다. 오징어 전문횟집, 떡볶이집, 헌옷 고치는 집, 식육점, 옷가게, 신발가게, 가덕도횟집, 채소가게, 반찬가게, 생선가게 등등. 그 틈바구니에 난(蘭)을 분재하는 가게는 특별한 구석이 있었다. 보통 난이라든가 수석은 사람들이 번잡하게 오가는 대로변에 자리 잡기 마련인데, 이 집은 우중충한 시장바닥에서도 가장 후미진 공간에 들어서 있었다. 바쁜 걸음으로 걸어가는 사람들은 그냥 지나치기 십상이어서 단골이 아니고서는 찾기 힘들었다.

가만, 여기 어디 백시인의 가게가 있다고 들었는데……. 남위원은 이선생과 자전거로 온천천을 한 바퀴 산책하고 지친 발길로 느슨하게 페달을 밟으며 안락골목 시장을 지나치다 말고 주위를 두리번거렸다. 나도 들었지. 한번 찾아볼까? 두 사람은 갈래 길에서 백시인의 가게를 찾았다. 과일집 할머니에게 물으니, 바로 건너편 굳게 닫힌 가게를 가리켰다. 두어 번 지나친 성싶었다. 다가가 자세히 보니 유리문 안쪽에 난(蘭) 분재가 가득하였다. 남위원은 문을 두드렸다. 서너 번 두드려서야 가게 안쪽 방문이 열리며 찾아온 사람을 확인하였다. 백시인의 부인이었다. 이제 막 들어오셔서 옷을 갈아입습니다. 부인은 여전히 뜨악한 표정을 지었다. 백시인이 목소리를 알아듣고 반가운 얼굴로 나왔다. 백시인은 등을 밀어내듯 철길 옆 곱창집으로 이끌었다.

가게는 왜 꼭 닫아 놓으시오? 이선생은 자리에 앉기가 무섭게 궁금함을 물었다. 우리는 전화나 인터넷으로 전국적인 루트를 통하여 거래를 해요. 지나치는 손님들을 상대하다가는 쪽박 차기 딱 알맞아요. 이해가 잘 안 가요. 난은 품종에 따라 값이 천차만별입니다. 까딱 잘못하다간 사람 목숨까지 담보로 잡힐 수 있어요. 여기 오기 전 만덕에서 도둑을 한 번 맞았는데 자칫 목숨을 잃을 뻔하였어요. 그래요? 그 세계가 으스스한 면이 있군요. 남위원은 품종에 따라 값이 엄청 나간다는 말은 들었지만 그렇게 살벌한 구석이 있는 줄은 몰랐다. 백시인이 숨어 지내듯 거래를 하는 이유를 알 듯도 하였다.

그냥 화훼단지에서 파는 일반 난과는 성질이 다르지요. 늘 지나치면서도 오랜만에 곱창을 대합니다. 우리가 자리를 같이 한 지가 꽤나 오래되었지요? 중국을 왕래하는지라 적조하였어요. 중국까지 난을 거래하나요? 그곳에서 농장을 하나 합니다. 말하자면 땅을 세내어 난을 비롯하여 허브를 심고, 그걸로 냉면사리를 만들어 시판을 하려고요. 이번에 샘플을 좀 가져왔어요. 이따 두 분께 선물하겠습니다. 홍보차원에서요. 백시인은 상당히 자신감에 차 있었다. 평소 매사가 활달하고 진취적인 데다 정력이 넘쳐 언제 보아도 활기가 넘쳐 났다.

여러모로 살뜰하게 시장을 개척하였겠지만 가능성이 있겠어요? 벌써 유명짜한 백화점에서 주문을 받았어요. 라면식으로 끓는 물에 넣으면 먹을 수 있게끔 가공처리가 되어 있어 간식용이나 등산용으로 제격일 겁니다. 백시인은 이선생의 의문에 열성적으로 홍보를 하였다. 아무튼, 별난 아이디어였고 아무나 생각해 낼 수 없는 사업이었다. 하긴, 중국은 땅이 드넓어 작물 심기에 부족함이 없을 것이고, 그 사람들, 면(麵) 종류를 워낙 좋아하잖아요. 정말 땅 하나는 넓어요. 십 년 계약을 하였는데 마음껏 작물을 재배할 수 있어요. 내년에는 배추와 무, 고추도 심어 국내로 반입할까 합니다. 백시인은 첫 잔을 비우고 나서 사업 이야기에 열을 올렸다. 문이 열리면서 강시인과 김화백이 들어섰다. 지나치다가 세 분이 밀담을 나누나 싶어 들어왔어요. 아, 강시인. 길을 마주하고 이웃에 살면서도 오랜만입니다. 제가 요즘 중국을 드나드는 관계로…….

백시인은 강시인을 반겼다. 김화백과는 초면이지 싶었다. 얼굴 보기가 어렵다 했더니 중국에다 사업이라도 벌이는가 보지요? 지금 우리가 그 이야기를 열심히 듣고 있어요. 가만있으시오. 내 집에 퍼뜩 다녀올 테니까. 백시인은 남위원의 말이 채 끝나기도 전에 밖을 나서더니 잽싼 걸음으로 돌아왔다. 손에는 선물꾸러미가 들려 있었다. 그건 뭡니까? 내가 중국에서 생산하고 있는 허브냉면사리입니다. 선물로 드릴 테니까 들어보세요. 주인장도 받으시고요. 그리고 저는 가 봐야겠어요. 긴한 전화가 오기로 해서요. 백시인은 곱창을 더 시킨 다음 계산을 하고 바쁘게 돌아섰다.

허어, 백시인이 이런 사업을 할 줄이야. 신선한 맛이 나겠어요. 강시인은 선물꾸러미를 살피며 웃음을 지었다. 주인도 흔감한 표정을 지었다. 아무튼, 부지런하고 바쁜 사람이었다. 매너도 깨끗하고 불의를 참지 못하는 올곧은 성격의 소유자였다. 정계로 나갔더라도 한몫하였을 것인데, 하여간 여러 방면으로 두루 눈이 밝다고나 할까. 기차가 지축을 울리며 지나쳤다.

오늘은 두 사람이 어인 일이오? 김화백이 이쪽으로 이사 오게 되었어요. 방금 화실을 계약하였어요. 축하할 일이군. 강시인을 비롯하여 형님들이 좋아서요. 세도 무지하게 싸고요. 사랑방 하나 생겼다고 여기십시오. 안락한 동네의 문화공간이 된다? 강시인은 친절하게 위치를 알려 주었다. 모임자리. 담배 연기 자우룩한 사랑방. 그것도 향수를 불러일으키리라. 언제 이사 와요? 내일이라도 가능합니다. 김화백은 어렵지 않게 대답하였다. 하긴, 실내장식이야 화가의 솜씨로 그려 붙이련 될 것이었다.

그런데 저희들은 오늘로 이 장사를 마감합니다. 마지막 서비스로 곱창 한 판을 드립니다. 주인장은 기회를 엿보고 있었다는 듯 침중한 얼굴을 하였다. 그건 또 무슨 소리요? 그렇게 됐습니다. 갈수록 어려워서요. 장사가 어렵단 말인가요? 그 점도 있고요. 점점 손님 맞기가 피곤해서요. 곱창 장만하기가 힘듭니다. 구제역의 한파로 수요도 달리고요. 정말 섭섭한데요. 우리들의 정겨운 아지트가 문을 닫다니. 지축을 울리는 기차 소리를 어떻게 듣는다지. 다른 사람이 들어오겠지요. 업종은 다를지 몰라도. 사람에 따라 인심이 변한다고 하지 않던가요? 술 한 잔 나눕시다. 주인장은 기꺼운 마음으로 합석을 하였다. 부부가 무던한 성격으로 열심히 장사를 하였다. 한마디로 친절하고 성실하였다.

이제 무슨 장사를 할 겁니까? 옛날에 동업을 하였던 친구가 교통사고를 당하여 제가 인계받기로 하였습니다. 그 친구 잘나가다가 불의의 사고를 당하였어요. 아무쪼록 잘되시기를 바랍니다. 남위원은 주인장에게 술잔을 안겼다. 만나고 헤어지는 것, 사소한 일상에서 빚어지는 별리의 현상. 사람에 따라

가고 오는 정이 다름에랴. 어찌 생각하면 밀물과 썰물의 현상 아니겠는가. 네 사람은 예기치 않은 이별의 잔을 나누고 돌아섰다.

*

저 윗녘에는 연일 눈이 내렸다. 우리네 사계절도 이제는 서서히 변화가 오는가. 지구의 온난화가 가속화되면서 아열대현상이 급격히 찾아왔다. 그래서일까, 봄가을이 짧아졌는가 하면 겨울엔 매서운 한파가 대지를 얼어붙게 하였다. 전례 없는 폭설은 세상을 반신불수의 상태로 냉동시켰다. 반면 여름은 길어졌다고나 할까. 살인적인 무더위와 느닷없는 국지성 폭우가 쏟아졌다. 따라서 생태계도 점점 변화를 가져오기 마련이었다.

남위원은 책상머리에 쌓아 놓은 책들을 일별하고 텔레비전을 켰다. 프로가 영 신통찮았다. 프로가 다양한 만큼 볼거리가 풍부해야 하는데 도대체 재미가 없었다. 뉴스 아니면 어쩌다 내보내는 역사물이나 다큐가 눈에 들어올 뿐. 더구나 리포터마다 어찌 그리 방정을 떠는지 몰랐다. 어디서 배워 왔는지 저절로 눈살을 찌푸리게 하였다.

각종 신간서적들도 그랬다. 가벼움을 추구하는 것도 유분수지, 시저분한 내용과 얄팍한 상술이 짝짜꿍으로 어울려 식상하였다. 이래저래 따분하였다. 직장을 그만두면 책이나 실컷 보자고 장정도 맛깔스러운 책들을 책상머리에 쌓아 두었는데 실망스러웠다. 그나마 다행인 것은 지난날 읽었던 고전들이 위안을 준다는 점이었나. 젊은 시절 읽었던 기억들을 되살리며 잠시잠시 추억에 젖는 즐거움이 솟아났다.

아무튼, 책도 그렇고 텔레비전 프로도 식상하였다. 바다가 보이는 곳에 열두어 평 남짓한 작업실을 얻어 무언가 내 것을 두레박으로 길어 올려야겠다는 의욕이 열흘도 못 가 심드렁해지기 시작하였다. 이틀 전까지 전화도 끊은 채 틀어박혀 자신에게 몰두하였는데 너무나 쉽게 무너지는 결과였다.

무엇 하고 있나. 전화까지 불통이고. 이선생이 손전화를 하였다. 갑자기 사라졌으니 궁금해 할 법도 하리라. 날만 새면 편리함을 자랑하는 차량들이 흉폭한 살인무기로 변하여 얼마나 많은 교통사고를 일으키는가. 그 밖에 도시의 일상은 언제나 예측불허의 인명피해가 도사리고 있었다. 잠시 좌선삼매에 들었지. 왜, 궁금한가? 나오라고. 직장을 마감하였다고 갑자기 돌부처가 되면 쓰나. 자칫 마음에 동공현상이 일어나 병이 생긴다고. 아무려면 심각한 증후군이야 나타나겠어? 어디야?

서면, 내 고향 전통찻집이야. 주인장이 섬섬옥수 고혹적인 입술로 보고 싶다는구만. 나도 퇴직 이후의 대비책으로 영광도서에서 책을 좀 사 들고 목이 말라 들렀어. 퇴직 이후의 대비책이라니? 나도 명퇴를 하기로 했어. 허헛, 백수들이 하나둘

늘어나는군. 통계학상으로는 나로 인해 실업율의 감소효과를 가져오지. 그건 또 무슨 말이야? 알면서 반문은. 우리들이 받는 월급을 쪼개 젊은이 두세 사람을 구제할 수 있다는 논리가 적용되지 않는가. 그렇다고 실업율이 감소되지는 않지. 대기업 뿐만 아니라 중소기업들도 인력수급이 싸게 먹히는 해외로 빠져나가고, 다들 고급인력으로 자처한 나머지 소위 삼디업종은 기피하는 세태 아닌가? 논리의 타당성은 항상 현실과는 거리가 있지. 나올 거지? 안 그러면 내가 그쪽으로 가겠어. 틀어박혀 있었더니 갑갑한 기분이야. 내가 그쪽으로 가지.

남위원은 자리를 떨치고 나섰다. 하늘은 잔뜩 찌푸려 추위를 몰아오는데 왠지 모르게 신선한 기분이 들었다. 스스로 금욕을 깨뜨리는 짜릿함과도 같았다. 굉음이 진동하는 전철을 타고 서면에 내렸다. 사람의 물결이 홍수의 뒤끝처럼 넘쳐 났다. 한 달 전만 하더라도 도도히 흐르는 사람의 물결에 휩쓸려 삶의 공감대를 나누었다. 존재 그 자체였다. 그런데 갑자기 어리둥절한 느낌이 들었다. 이방인 같은 자신의 존재가 궁색해 보였다. 저들 속에서 떠밀려 난 이방인. 이제는 저 가운데 휩쓸려 들 수 없는 존재가 되었다. 지하철 광장 한구석에서 라면상자를 둘러치고 웅크리고 있는 노숙자들을 비로소 이해하였다. 삶의 대열에서 이탈한 떨거지들. 누가 그렇게 만들었을까?

지상의 협소한 휴식공간도, 전통찻집도 만원이었다. 여기도 빛 좋은 개살구마냥 겉모양새만 번드르르한 이방인들이 시간

58

을 죽이고 있었다. 다만 노천 벤치에 앉아 장기판을 두드리는 사람들이나, 전철역 광장의 노숙자들보다 다소나마 경제적 여유가 있을 것이다. 허나, 마음이 궁핍하기는 마찬가지 아닐까. 이선생이 손을 들기 선에 주방에서 물을 끓이고 있던 주인장이 먼저 알아보았다.

저는 아예 발길을 끊었는가 했어요. 듣자니 해운대 풍광 좋은 곳에 사무실을 냈다면서요? 소식 한번 빠르네. 사무실이라기보다 은둔처요. 그것도 며칠 지내 보니 심드렁해요. 남위원은 이선생과 마주 앉았다. 이선생은 헐거운 기분으로 창밖을 내다보고 있었다.

이웃에 살면서 얼굴 잊는가 했지. 차는 뭘로 할까? 아니에요. 이번 차는 제가 내기로 했어요. 사무실도 내셨고요. 주인장은 상큼 웃으며 미리 준비한 쌍화차를 내왔다. 향기가 짙었다. 남위원은 쌍화차를 들었다. 사람 사는 것이 이런 것인가. 며칠 동안 갇혀 지내며 무수한 잡념들을 부수었다. 부수고 나면 또 생겨나고, 질긴 잡풀의 생명력과도 같았다. 흐르는 시냇물에 닳는 조약돌처럼 사람 사람의 틈바구니 속에서 부대끼며 숨 가쁘게 사는 데서 오히려 잡념이 솟아나지 않는 법.

왜 갑자기 명퇴를 결심한 거야? 오래전부터 고심해 왔어. 사고라든가, 행동 따위가 젊은 사람들과는 거리감이 있고. 아이들의 분위기도 무시 못하고. 점점 젊고 발랄한 선생들을 선호하지 않는가. 젊음은 경험이 얕다. 사고의 틀도 단선적이고. 열정과 의욕만 가지고는 안 되는 게 많잖은가. 삶의 축적에서 오는 경험과 사고의 깊이가 조화를 이루어야 건전한 사회로 인도할 수 있다. 우리 사회가 어쩌다 이런 묘한 광풍에 젖었는지 모르겠다. 너무 노쇠한 자리 보존은 노탐에 치우치기 쉽다고? 인간의 수명은 점점 길어져 노령화시대로 접어들었는데 사십 대, 오십 대 명퇴는 사회적으로 손실이다. 시골 가 봤잖은가. 육십, 칠십 노인네들이 상두꾼으로 자임하면서 마을을 책임지고 있지 않던가. 때문에 정체된 마을로 자리매김하지 않느냐고? 시대적 상황을 인식하고 나름대로 활력소를 불어넣지 않던가.

이선생의 말은 다분히 자조적인가, 아니면 한계를 뛰어넘은 자기 도전의 무엇인가. 남위원은 스스로 자신을 돌아보아도 지금까지 몸에 배인 생활습속에서 자유롭지 못하였다. 갑자기 다가온 무한대의 누림을 버거워하지 않는가. 알게 모르게 경계가 설정되어 그 한계를 쉬이 벗어날 수 없었다.

앞으로의 계획 같은 건 마련한 건가? 글쎄. 궁즉통이라고 하지 않던가. 어때? 자기 공간을 확보하고 보니 벅찬 기분이 들지? 의욕만큼 쉽지 않아. 무언가 고립된 기분이야. 동지섣달 긴긴밤에 들이치는 찬바람 같은 외로움이 밀려들기도 하고. 오래 버텨 낼 수 없을 것 같아. 군중 속의 고독. 그건 고통이지. 소외감도 떨칠 수 없을 게고. 차라리 시골로 내려가는 게 어떨까? 그게 오늘의 화두야. 아무튼, 익숙해지도록 노력해야겠지. 그런 가운데 즐거움이 있을 것이고. 모든 일상을 긍정적으로 받아들여야지. 인간만큼 유약하면서도 환경에 잘 적응하는 강인한 동물도 없으니까. 이선생은 자신에게 다짐하듯 말하였다. 동실성이란 남의 일이 남의 일 같지 않을 때 설실하게 다가오는 것이다. 남의 죽음을 애틋한 마음으로 눈물짓는 것도 따지고 보면 자기 설움에 겨운 동질성이 아니겠는가.

*

자리를 옮길까? 남위원은 한 무리 손님들이 들어오는 것을 보고 이선생을 일으켜 세웠다. 두 사람은 길 건너 산야를 들어섰다. 이 집을 드나든 지도 어언 이십 년을 헤아렸다. 강시인이 오늘 모임이라고 하던데요. 우리야 그 모임과는 무관하지요. 바람 불어 좋은 날이라고 바람 따라 왔어요. 두 사람은 구석진 자리를 차지하고 앉았다. 옆자리에는 나이 든 노인네들이 노익장을 과시하듯 등산복 차림으로 떠들썩하게 술잔을 들었다. 한 차례 산행. 그리고 저렇게 떠벌리다가 집에 들어가면 갑자기 외로움이 더께로 내려앉아 이불을 둘러쓸 것이다. 청운의 꿈을 안고 젊음을 누릴 때가 언제였던가. 남위원은 자신의 모습을 보는 듯하여 가슴이 아릿하였다.

오늘은 강시인이 특별히 안주를 주문하여 신경을 썼어요. 미리 맛이 어떤가 보세요. 산야는 넉넉한 마음으로 술안주를 내왔다. 언제나 푸짐하고 넉넉하기만 하여 마음이 풍요로웠다. 술을 두어 순배 들었을까, 강시인 일행이 들어섰다. 모두가 낯이 익은 터여서 반기는 가운데 합석을 하였다. 두 분이 서면까지 진출하시고 얼굴이 훤하십니다. 임박사가 조용한 얼굴로 모두를 대신하였다. 신앙심이 깊은 만큼 매사가 조용하고 신중하였다. 오늘의 토론 주제는 무엇이오? 저녁을 들면서 다 했어요. 이제부터는 뒤풀이에요.

이시인이 새로 출간한 시집을 사인과 더불어 안겨 주었다. 오늘날 시인의 위상은 어디쯤일까? 문득 회의감을 잘근 깨물며 소중하게 받았다. 오랜 습작을 거쳐서인지 시알이 여물고 쫀득한가 하면 감칠맛이 났다.

축하연을 하는 자리 아닌가요? 이선생의 말에 이시인은 웃음으로 대답하였다. 그 말이 떨어지기가 무섭게 산야가 미리 준비한 케이크를 내왔다. 여류들이 산야의 배려에 감격스러운 얼굴을 하였다.

마음을 울리는 시를 쓰면 어디를 가도 축하를 받기 마련입니다. 남위원께서 한마디하세요. 그럴까요. 문자(文字)는 자연의 힘들이 상호작용하는 도상(圖象)적인 표현과 함께 시작되었다고 하였습니다. 다시 말해 문학은 인간사회 이전에 존재하였던 질서로서 천지와 만물들의 이치를 드러낸다고 가정하였어요. 따라서 문화는 인간의 영역과 천지의 영역 사이의 필연적인 분리가 없다는 가정하에 기초한다는 것입니다. 인간의

문화적 창조의 이치는 하늘의 이치와 동일하다고 생각하였습
니다.

굉장히 깊이 있는 말씀입니다. 때문에 문학은 감정을 나열
하고 사물들에 형식을 주는 것이 아니라는 것이지요? 옛사람
들의 지순한 말을 새삼 새겨들어야 해요. 혼탁한 물일수록 정
제가 필요한 법인데 여과 없이 혼탁한 물에 휩쓸려 구정물을
토해 내요. 귀담아들어야 할 부분입니다. 잠자코 듣고 있던 임
박사가 자세를 바로 하였다. 오늘 이시인의 축하연은 여러모
로 의미 있는 자리였다. 조촐할수록 좋다는 말이 가슴에 와 닿
았다. 술좌석은 시간이 흐를수록 농익어 갔다. 옆자리의 노인
네들은 호쾌하고 흔연한 담론에 자극을 받은 듯 벽면에 걸려
있는 흑판에다 한시를 또박또박 판서하고 산야를 나섰다.

저분들도 한 가닥 하신 분들이에요. 학교장을 지내셨고, 그
림을 그리시고, 변호사도 한 분 계셨고, 한의사도 계셨고요.
산야는 문밖까지 배웅하고 돌아와 그들의 신분을 밝혔다. 어
쩐지 품위가 있어 보였다. 세월은 무상하다. 세대 간의 자리바
꿈이랄까, 싫든 좋든 자리 비움은 인지상정 아니겠는가. 우리
도 어느 날 더 젊은 사람들에게 자리를 내주어야겠지. 그게 순
환과정이다. 동물의 사회에서 당연한 질서라고나 할까.

그때 느닷없이 문 쪽에 앉은 여자가 새된 소리를 내지르더
니 울음을 터뜨렸다. 마주 앉은 사내가 난감한 얼굴로 달랬다.
뭐가 창피하단 말이고? 다 똑같아. 너도 그렇고, 좆 달린 사내

들은 하나도 다를 게 없다고. 여자는 육두문자를 입에 발리며 억너구리를 쳤다. 햐, 보통 기갈이 아니네. 강시인이 머리를 가로저었다.

아, 좀 그만하란 말이다. 여기가 니네 집 안방인 줄 아나? 사내는 참다못해 마주 대거리를 하였다. 싫으면 가라마. 그라지 말고 일나라. 조용한 데 가서 조근조근 이바구하자. 그래, 니도 사내라면 양심이 있을 거 아니가. 내가 이렇게 시퍼렇게 육신이 멀쩡한데 어느 년한테 한눈을 판단 말이고. 니나 내나 팔자 한번 더러워 마누라 잃고, 첫 남자와 헤어진 사이 아니가. 그렇게 오다가다 만났으면 제대로 살뜰히 마음 주고 사는 기이 도리제, 그새 딴 여자에게 눈길을 주어? 본마누라도 니놈 바람기에 속병을 앓다 먼저 눈감은 기이 아니가?

들자 들자 하니께 이게 술 처먹고 바로 뚫린 입으로 하는 소리야? 사내는 아킬레스건을 건드리자 주위를 돌아보지 않고 불끈 성을 냈다. 그라믄 내가 헛소리를 했단 말이가? 눈에 밟히는 행동거지를 보면 전력을 알 수 있지러. 내 싫으면 이참에 미련 두지 말고 싹 돌아서거라. 나도 한 점 후회 안 할긴게. 세상의 반이 남자인데 너만 한 사람 없겠나? 그래, 그래. 니 잘났다. 그따위 심보로 기갈이나 부리니까 첫 남편이 에누리 없이 뒤돌아섰지. 뭐라카노? 이 순딩이 같은 지집년 하나 제대로 간수 못하고 떠난 사내가 어디 온전한 사내가? 내가 어쩌다 니 같은 인간을 만나 제2의 인생을 꿈 꿨을고. 여자는 한 치도

뒷걸음치지 않고 악다구니를 하였다. 단단히 배신감을 느낀 모양이었다.

　아무래도 자리 정리를 해야겠네. 산야가 지나치는 손님 몇이 쑤볏거리자 그늘 앞으로 다가갔다. 사랑싸움도 그렇게 하면 안 되지러. 다른 때는 죽을둥 살둥 머리 맞대고 행복에 겨워하더니 오늘은 무슨 일고? 언니요. 저 인간이 내 모르게 딴주머니 찬 걸 오늘에사 알았어요. 바람 불어 좋다고 만난 지 한 달 보름 만에 동거를 하였는데, 동거생활 닷새 만에 들통이 났으니 도대체가 말이나 되는기요? 인간 말자제. 여자는 산야의 손을 붙들고 다시금 울분을 쏟아 냈다. 오해가 있었겠지. 가까운 사람일수록 오해하기 쉽지러. 누가 아닙니까. 누누이 오해가 오해를 불렀다고 씹어 일러도 막무가내입니다. 시끄럽다. 더러운 인간아. 내가 오해 모르고 구렁이가 들어앉은 니놈 속내도 구별할 줄 모르겠나? 사람 미치겠네. 친구들과 노래방에 갔다가 술김에 도우미에게 명함을 쥐어 주었는가 본데 전화를 했지 뭡니까. 코맹맹이 목소리로 전화만 했나? 문자까지 보내고, 알량한 내용은 또 뭐고? 한 번 간 노래방 도우미가 보낼 수 있는 내용이더나?

　그걸 꼭 부정적으로 받아들이지 말고 긍정적으로 받아들여. 사내가 못나 봐. 돈을 주고 사정을 해도 콧방귀를 뀌고 돌아서는 세상이야. 암만 좋게 생각하려 해도 마음에 걸리고 괘씸해서 오늘 결판을 내자고 마음먹었어요. 내가 볼 때는 두 사람 다 상처를 딛고 새롭게 시작하기로 결심하였는데, 삿된 마음을 먹을 리 없고, 우연찮은 마(魔)가 시샘하듯 끼어들었다고 넉넉한 마음으로 소화해. 독이 약이 된다는 이치를 알 것 같으면 과감하게 삼킬 줄도 알아야지. 안 그런가? 산야는 여자의 등을 따북하게 두드렸다. 그것도 모르는 바 아니지만도…….

여자가 한 남자를 사랑하면 불도 삼킬 줄 알아야 하고, 깊은 바다에서 자맥질도 해야지. 그런 인내와 슬기로움을 비끄러매지 못해 스스로 불행해지는 거라고. 항상 문제의 발단은 자기 자신에게 있는 거라고. 맞습니다. 저 성깔만 죽이면 천하의 미녀도 저리 가라인데 때때로 저를 궁지로 몰아넣습니다. 그러니까 그쪽에서 미리 알아 새기고 빌미를 주어서는 안 되지요. 어느 여자치고 왼쪽 주머니 속에서 간드러진 소리가 나면 좋아하겠어요. 마음이 상하지요. 여자의 자존심은 단순하다는 것을 알아야죠. 자, 자, 서로 손잡고 일어나. 눈물 흘린 만큼 굳건한 마음으로 사랑하셔. 나는 그렇게 사랑싸움 할 상대라도 있었으면 바랄 게 없겠네. 산야는 두 사람을 일으켜 세웠다. 사내가 중심이 흐트러진 여자의 허리를 붙들었다. 여자는 사내의 어깨 위에 머리를 기댄 채 산야를 나섰다.

세상은 저래서 재미있어요. 사람 하나는 잘 다룹니다. 진땀 뺐어요. 뻔한 사랑싸움 아니겠어요. 보나마나 집에 가서는 더 격렬하게 사랑을 나눌 거예요. 방금 여자의 자존심은 단순하다는 그 말이 드넓은 가슴에 배를 띄우게 하였어요. 남자의 마음은 더 단순하지요. 임박사가 가방을 챙겨 들었다. 벌써 자정이 임박하였다. 임박사는 정확하였다. 어떤 자리일지라도 막차시간이면 어김없이 묵직한 가방을 손에 들었다.

*

어디 다녀온다고요? 강시인은 바람 들이치는 학교부지 동산에서 목청을 높였다. 서예학원. 이제부터 여가활용으로 붓을 담금질해야겠어요. 시간이 남아도는 사람은 다르군요. 그런 강시인은 지금 뭣 하는데? 전류를 타고 바람소리가 쌩쌩 나는걸. 나만의 꽃동산을 만들고 있어요. 부질없는 짓이라고 핀잔은 주지 않겠소. 뭣 땜새 전화를 한 게요? 김화백이 낮에 이사를 하였어요. 가만있을 수가 없잖아요. 내, 그리로 가지. 강시인은 남위원을 기다리는 동안 돌자갈을 파냈다. 워낙 조악한 땅인지라 괭이 끝이 닿는 곳마다 돌멩이가 튀었다. 이수학을 비롯하여 동료들은 그런 땅을 일구어 무엇에 쓰느냐고 대놓고 한소리 하였다. 여학생들은 시심(詩心)이 묻어나세요, 미라를 발굴할 거예요? 바람결로 깔깔거렸다. 학교부지가 공동묘지였다는 것을 염두에 두고 하는 말이었다. 그러거나 말거나 우직하게 짜투리 시간을 이용하여 한 뼘씩 일구어 나갔다.

아직도 손 부르트게 괭이질이시오? 이수학이 테니스채를

들고 나타났다. 운동장에서 땀을 흘렸는가 보았다. 남위원께서 이리로 온다는군. 서예를 한다나. 자갈밭을 일구는 것보다 낫겠어요. 비아냥거리지 말거라. 꽃향기가 가득하면 오늘의 땀방울을 이해할 테니까. 글쎄요. 치자꽃은 향기가 드높던데, 여기다 무슨 꽃씨를 뿌릴 것인지. 이수학은 서산에 기우는 해를 바라보고 의자에 앉았다. 그 해를 등지고 남위원이 느릿한 걸음으로 올라왔다. 한껏 여유로운 걸음이었다. 걸음걸이가 신선걸음이오. 바쁠 게 있나. 이렇게 여유로움을 누리는 것도 복 아닐까. 남위원은 이수학 곁에 앉았다. 까치 한 쌍이 날아와 주위를 맴돌았다. 마음이 태평하면 근심걱정이 없다고 하였어요. 무슨 맘먹고 붓을 가다듬기로 하였어요? 열린 공간으로 나아가려는 의지만 같은데.

맞는 말이야. 남위원은 무덤덤한 얼굴로 대답하였다. 가만히 뒤돌아보니 그간 어떻게 세월을 보냈는지 몽롱한 기분이 들었다. 분명 일엽편주를 타고 고해의 바다를 헤쳐 나왔는데 잔잔하게 부딪치는 파도소리만 귓전을 울렸다. 큰 산은 한 줌 흙도 마다하지 않는다고 하였다. 다시 말하자면 큰 산도 한 줌 흙으로 이루어졌다는 말인데 그 한 줌 흙이 눈앞에 보이지 않았다. 하긴, 산 자체야 흙 한 줌을 자각이나 하겠는가.

가 봅시다. 그것도 일이라고 허리가 무지근합니다. 어리석은 자가 산을 옮긴다고, 남들이 뭐라 할지라도 일한 만큼 보람을 느끼겠지요. 꽃향기가 기대됩니다. 저도 주말농장을 하는데 배추, 무를 바라보노라면 가꾼 만큼 거두어들인다는 신실한 진리를 깨물어요. 이수학은 요즘 들어 재미 붙인 주말농장을 은근히 내비쳤다. 나도 내년부터는 이마에 땀방울을 매달아야겠어. 남위원은 한사장의 장인 땅을 매입한 사실을 새삼 가슴에 안았다. 정지작업을 한 그 위에 온갖 채소를 가꾸리라. 아담한 집도 짓고…….

시골로 내려갈 확률이 제일 높은 사람은 남위원이지요. 이미 땅도 확보해 놓았겠다, 마음만 움직이면 언제든지 가능하잖아요. 이선생도 있지 않는가. 얼핏 듣자니 고향에 내려가 어머님을 모실 생각이던데요. 못 다한 효도를 할 생각인가? 이선생으로부터 직접 그런 말은 듣지 못하였다. 세 사람은 학교 정문을 나섰다. 김화백의 화실은 생각보다 공간이 넓었다. 벌써 문하생들을 비롯하여 여러 부류의 사람들이 진을 치고 앉아 있었다. 화가들이 대체로 그렇듯 김화백도 각양각색의 인맥을 형성하고 있었다. 그림의 선호도에 따라 계층이 형성되기 마련이었다. 남위원은 이선생이 보이지 않아 전화를 하였다.

깜박했네. 안교장으로부터 부고를 들었나? 방금 모친께서 돌아가셨다는 연락을 받았어요. 같이 가 보게 내려와요. 남위원은 아릿한 통증을 느꼈다. 구십 넘은 노모. 홀로 자식들을 가르치기 위해 고생한 이 땅의 어머니. 거기에 보답하듯 안교장 내외는 지극정성으로 모셨다. 비좁은 아파트에서 온갖 수발을 다 들며 마음고생을 감내하였다. 이제 형편이 좀 피어 넓은 아파트를 장만하여 불편 없이 지내도록 배려하였는데 눈을 감았다. 고생의 긴 터널을 뒤돌아보고 눈을 감은 것이다. 또 한 무리 손님들이 화실을 가득 메웠을 때, 남위원은 이선생, 강시인, 이수학과 함께 조문을 가기 위해 화실을 나섰다. 큰길에서 택시를 잡으려는데 지욱서점이 불렀다.

안교장께서 상을 당하셨다면서요? 대신 부의금 좀 전해 주세요. 지욱서점은 봉투를 내밀었다. 그 마음이 기특하였다. 어떻게 아셨어요? 따님이 참고서를 사러 왔다가 황급히 연락을 받고 갔어요. 네 사람은 지욱서점의 말을 뒤로 하고 택시를 잡아탔다. 병원장례식장을 들어섰다. 네 사람은 고인의 명복을 빌었다. 뒤늦게 낳은 손자를 등에 업고 마음 흐뭇해하던 생전의 모습이 떠올랐다. 날 때도 무엇 때문에 이 세상에 나왔는지 모르고, 갈 때도 어디로 가는지 모르는 게 인생 아닐런가. 굽이굽이 길을 걷다가 멈추는 곳. 그곳이 과연 어디일까? 살아온 여정은 길고 험난한데 막상 종착지에 다다르면 한 줌 허무가 떠돌 뿐. 허망하여라, 인생살이. 슬퍼하지 마라. 그저 옷깃을 여미며 가는 길을 편안하게 보내 달라. 남위원은 구십 평생을 살아온 고인의 음성을 메아리로 들었다.

살아온 여정은 피맺힌 절규로 우짖는 뻐꾸기소리일 수도 있고, 지지배배, 지지배배, 종달새 노래일 수도 있고, 까마귀 울음소리였다가 까치소리이기도 하네라. 구만 리 먼 하늘을 나는 기러기의 날갯짓이기도 하고, 부엉이 울음소리 저편 싸

락눈 흩뿌리는 북풍한설이기도 하네라. 어디 그뿐이랴. 봄날 화사하게 피어나는 꽃이기도 하고, 여름날 영글어 가는 호박과 참외, 수박 빛이기도 하고, 가을날 빨갛게 익은 고추였다가 하얗게 하얗게 부풀어 피어나는 목화송이기도 하네라. 인생이 짧다지만 결코 가볍거나 업수이 여길 수도 없는 가운데 꽃이 피고 열매를 맺기 위해 뿌리를 내리듯 굳건히 살아왔음에랴.

이선생도 어머님을 모실 거라면서? 그래야 되지 싶어요. 지금까지 형님께서 주말이면 왕래하며 모셨는데 형님의 연세도 그렇고, 어머니께서 미로를 헤매듯 치매증세가 있어 마음을 놓을 수가 없어요. 이선생은 결심을 굳혔다는 듯 명퇴 이후의 자기 위치를 분명히 말하였다. 요즘 보기 드문 효심입니다. 어찌 생각하면 어머님이 계신다는 것은 행복한 일입니다. 이수학은 일찍 세상을 떠난 어머니를 떠올렸다. 혼자의 몸으로 자식 하나 키우기 위해 얼마나 고생하셨던가. 며느리도 보고 손자도 안아 보는 기쁨을 누릴 연세에 세상을 하직하였다.

김화백이 자리를 옮겼다고 메시지를 보냈어요. 출상 때 다시 들르기로 하고 그만 일어설까요? 강시인은 문자메시지를 확인하였다. 안락한 동네를 떠나는 사람에게는 명복을 빌고, 이사 온 사람에게는 발전이 있기를 기원해야지요. 이수학은 강시인의 말에 똘망하게 곁들였다. 네 사람은 택시를 타고 서원시장 근처에서 내렸다. 다소 생소한 감을 주었다. 얼마 전에 김화백과 아는 사람이 이곳 점포를 인수하여 새로 동동주집을 냈다는군요. 장소가 좀 그런데요. 장사하기 나름이겠지만. 새로 개장한 동동주집을 들어섰다. 앙증맞은 화환이 놓여 있었고 난분 몇 개가 실내를 장식하였다. 벽면은 김화백의 그림으로 채워져 있었다. 조금은 비좁은 공간이었는데, 손님이라야 김화백의 집들이에 온 술꾼 서너 사람이었다. 네 사람이 합석하고 보니 주점 안이 꽉 찼다. 실내 공간 자체가 소담스럽다고나 할까, 크게 수익을 올릴 성질은 아니었다. 주모 또한 매차분한 분위기였다.

남위원님은 어디선가 뵌 듯싶어요. 주모는 다소곳이 남위원에게 술잔을 쳐 올렸다. 신문지상에서 봤겠지요. 아니면 전생에 담 너머로 눈요기를 했거나. 이수학 선생님의 해학은 실감이 잘 나지 않아요. 청십자 원장이 이의를 달고 나왔다. 전생의 인연이라? 참 오랜만에 들어 보는 소리였다. 전설의 고향에서나 있을 법한 인연의 순환도리. 모든 사물과 사상이 빤질하게 닳고 순박성을 잃은 오늘의 세태에서 전생의 인연 따위는 오지랖 넓은 소리일 것이다. 더구나 만나고 헤어지는 과정이 말초신경적이고 즉흥적인 세태가 아닌가. 현생에서도 만남을 다하지 못하는데 전생까지야. 옷깃을 스치는 것도 인연이랬다고, 전생의 인연으로 지냅시다. 남위원께서 이제 하는 일도 부실하겠다, 그렇게라도 활력을 되찾으면 좋지 싶어요. 하는 일도 부실하다? 묘한 뉘앙스를 풍기는데요.

자극적인 곳마다 확대 재생산하는 세상 아니오? 남위원은 조금 전 조문을 하고 온 장례식장 분위기와 이곳의 분위기를 비교하였다. 고인을 보내는 슬픔과 향내로 들어찬 상가의 숙연한 분위기. 인생의 길고 짧음과는 무관한 무거운 침묵. 자신의 서러움이 각인되어 반추되는 까닭에 두려움마저 잠재된 마지막 가는 길. 그와는 달리 집들이 분위기는 어떤가. 새로운 곳에서 이루는 삶의 둥지는 흥분과 기대감으로 밝은 미래가 눈썹 위에 펼쳐진다. 낯설지만 뿌듯한 정겨움을 주는 항구는 새로운 미래로 나아가게 한다. 사람은 누구나 새로운 곳에 닻을 내리게 되면 금방 어둠이 내릴지라도 새 희망을 가슴에 품기 마련이다.

청십자 원장도 자리를 옮긴다면서요? 저는 시장바닥에서 애오라지 평생을 살아온 사람들과 함께할 것입니다. 강시인의 물음에 청십자 원장은 넉넉한 웃음을 지었다. 젊은 패기 하나로 영세한 재래시장에서 노점상들을 상대로 펼친 의료활동. 동기들은 눈부신 발전으로 자기 사업을 확대해 나가는 동안 한 푼을 벌기 위해 사계절 먼지 둘러쓰고서 좌판 앞에 나앉아 세월을 이고 있는 노점상들을 상대로 의사로서 양심과 의무를 다하였다. 거기에 대한 남다른 자부심의 이면에는 곤궁한 생활을 감내하였다. 남들이 다들 부러워하는 직업인데도 경제적인 내실은 빈약하여 동기들의 무언의 따돌림과 의사로서의 자질을 경제적인 잣대로 내몰며 딸애를 앞세우고 집을 나선 아내의 야속함. 어찌 의술을 화려한 동산(動産)의 메신저로 생각하는가. 환자의 피고름과 썩어 가는 내장을 들어낼 때의 악취와 의무감을 생각한다면 가장 가까이에서 마음을 함께해야 할 아내가 딸애의 서울유학을 빌미로 아내의 본분을 외면할 줄이야.

모든 의사들이 그런 사명의식으로 살아야 하는데 어디 그렇습니까. 듣자니 젊은 의대생일수록 집도를 기피한다면서요? 수술할 의사가 부족하다는 것은 심각한 사회병리현상 아니겠어요? 돈 잘 버는 의사가 제1순위 신랑감 아닌가. 더구나 오늘의 세태는 여자의 핸드백에서 돈이 나오는 만큼 여자들의 미세한 부분을 부풀리고 제거하고 단장을 해 주어야 일류 의사가 되는 것 아닌가? 세상이 너무 밝기에 불감증에 걸려 있는게 아닐까요? 모처럼 주모가 정색을 하였다. 술기운으로 눈자위가 우수에 잠긴 듯하였다. 오늘의 화두는 세상이 너무 밝다. 죽음으로 떨어지면 그 밝음이 어둠으로 사장되어 허무할 수밖에 없다? 이제 일어들 납시다. 이수학이 시간을 일깨웠다. 모주꾼들은 비치적 일어났다. 뒤늦게 나온 문선생이 무언가 아쉬운 듯 강시인과 이선생, 남위원을 택시 안으로 밀어 넣었다.

*

문선생은 순진무구한 동안에서 풍기는 조용한 모습과, 청아하고 때 묻지 않은 목소리를 지니고 있었다. 언젠가 보리밭을 경청하였는데, 까마득히 잊고 있던 고향의 보리밭이 떠올랐다. 보리는 두 해에 걸친 농사이자 겨울을 견디어 낸 생명력을 지니고 있다. 겨울잠을 자는 곰이나 개구리, 뱀 따위가 소생과 부활을 상징한다면 식물로서 보리는 그와 같은 상징성을 지니고 있다. 해동 시에 보리가 들뜨지 않도록 밟는 데서 고난을 딛는다는 의미부여가 더해진다. 한겨울을 기다림과 인고로 이기고 나온 보리. 하늘에서 내린 눈을 하얀 이불 삼아 겨울을 난 보리야말로 귀중한 생명의 씨앗이었다. 쌀이 남방 식물이라면 보리는 북방 식물일 터였다. 아그야, 옹챙이 계단식 밭에서 보리싹이 푸릇하니 제법 겨울을 이겨 낸다. 어머니의 한숨을 문선생의 청아한 목소리에서 떠올린 것이다. 그 뒤로 문선생도 기꺼운 마음으로 안락한 동네의 일원으로 자리매김하였다.

문선생은 안락한 동네를 지나치더니 재송동으로 들어섰다. 이곳도 법원이 들어서고, 마천루처럼 고층빌딩이 들어서면서 몰라보게 달라졌다. 들어갑시다. 겉보기에는 초라하고 궁색해 보여도 가을의 여인이 기다리고 있을 겁니다. 가을의 여인이라……. 산길. 간판을 일별하고 문지방을 들어서니 발밑에 낙엽이 밟혔다. 겨울을 두드리는 음악이 낙엽 위에 해무처럼 깔렸다. 아, 이런 곳이 있었나? 낙엽 위에 앉아 한잔 술을 마시고 싶었다. 여인의 귀품 있는 모습이 더욱 마음을 열리게 하였다. 이런 곳은 굳이 술을 마시지 않아도 열린 공간으로 나아가게 하였다. 한 잔의 차와 낙엽 밟는 대화. 여리지도, 농숙하지도, 심오하고 고뇌스러운 모습을 짓지 않아도 생명을 노래할 것이다.

낙엽 밟는 감촉이 왜 이리 좋습니까. 오늘 산에 올랐다가 가져왔어요. 냄새가 향수를 불러옵니다. 이 위에 싸락눈이라도 내린다면 창백한 달빛을 보지 않아도 되겠어요. 감성이 풍부한 걸 보니 예사 분들이 아닌 듯싶어요. 여인은 이선생의 말에 가슴을 모두었다. 그 미태가 감나무가지에 걸린 시린 초승달이었다. 제가 오늘은 삼라만상을 재생시키는 분들을 모시고 왔어요. 문선생은 차례로 소개를 시켰다. 빛바랜 소파가 낙엽 깔린 분위기와 어울렸다. 영광이에요. 특별히 신경을 써야겠어요. 여인은 주방에 나가 안주를 장만하였다. 싱싱한 굴을 내왔다. 이 계절에 더없이 좋은 안주요. 산에서 내려오다 시장에 들렀더니 굴 향기가 유혹하더군요. 여인은 문선생의 말에 겸손을 내보였다. 남위원은 굴을 한입 넣었다. 입안이 비릿하니 향기로웠다.

고향 바닷가 양지바른 곳에서 조개무지처럼 쌓아 올린 굴 껍질더미에 묻혀 부지런히 굴을 까는 손길이 눈앞에 다가왔다. 김밥 한 덩이로 점심을 대신하고 볕바른 곳에서 하루 종일 엉덩이 짓무르게 앉아 굴을 까던 가래댁. 그녀를 바라보노라면 도의 경지가 따로 없었다. 다른 아낙네들은 그 시간 갯벌이 드러난 바다에서 바지락을 캐고, 꼬막을 잡고, 낙지와 장어를 잡는데도 그녀는 한결같이 굴을 깠다. 그게 그녀의 유일한 생계수단이기도 하였다. 남편이 바다 일을 하다 허리를 다친 뒤로 가족의 생계가 그녀의 손끝에 매달렸다. 그렇게 그녀는 사시장철 계절 따라 억척스러웠는데 새침한 성깔은 여과 없이 그녀의 손끝에 맺혀 났다.

굴을 보니 종가 형수님이 떠오릅니다. 강시인도 굴 향기 속에서 종가 형수를 떠올렸다. 참 투박하고 인정스러웠다. 이맘때 종가를 찾으면 꼭 굴을 따 와 신경을 써 주었다. 숙취에는 제일이라면서 인정 어린 눈길을 보낼 때는 둥근달을 보는 듯하였다. 굴은 신선미가 그만이지. 그런데 무슨 마음으로 이런 영업을 하십니까? 이선생은 진지하게 물었다. 무언가 곡절이 있음 직한 사연을 듣고 싶었다. 그런 자태를 지니고 있었다.

얼마나 좋아요. 제가 이런 장사를 하지 않았다면 선생님들과 자리를 하겠어요? 저는 아무리 고약한 손님이 와도 그 나름대로 의미를 부여해요. 한잔 술 속에 그 사람의 희로애락이 젖어 있잖아요? 대체로 남자 분들은 단순하면서도 매듭이 없어요. 어떤 일일지라도 한잔 술로 툭툭 털어 버리는 그 무엇을 안고 있어요. 종류도 다양한 삶의 표본들을 즐기며 바라본다? 제가 온갖 세상사를 몸소 경험할 수는 없잖아요. 제가 자리를 제공해 줌으로써 간접체험을 한다는 거죠.

여인은 음악을 바꾸었다. 가야금병창이었다. 가야금병창을 들으니 파도에 흔들리면서 뱃놀이를 하는 기분인걸요. 똑같은 음악을 듣고도 사람마다 생각하는 폭이 다를 터였다. 남위원은 인간의 색상을 떠올렸다. 사람은 제각기 닮은꼴인데 빛깔이 다르다. 그 빛깔은 어디서 파생되는 걸까? 마음인가? 선지식은 그렇게 말할지도 모른다. 모든 색상이 각기 달라야 조율이 된다. 똑같은 음색, 일치된 견해는 조화롭지 못하다. 무지개가 일곱 가지 색상이어서 아름답다. 더불어 이 세상은 온갖 색상이 조화를 이루기에 풍요롭기도 하고. 가늘고 질긴 명주 올도 여러 가닥을 꼬면 더없이 튼실하고 질기며 질긴 만큼 눈부시게 아름답다.

가깝고도 먼 빛

안교장 모친의 출상을 따라나선 남위원은 장지에서 돌아오는 중간지점에서 일반버스로 갈아타고 고향에 내려 타박 걸음으로 어머니 묘소를 찾았다. 야야, 이제 도리 없이 백수가 되었으니 어쩔끄나? 아직도 정정한 몸인디. 허긴 시상이 어떻게 돌아가는지 젊은 실업자들이 부지기수라면서야? 거기에 비하면 너는 이 산 저 산 넘나들 듯 고생고생하면서 장수를 누린 셈이다만, 할 일 없이 세월을 곱씹는다는 것은 고문이다. 암만. 고문 중에 가장 감내하기 힘든 고문이지야. 끌끌, 혀 차는 소리가 뒤를 따랐다. 어머니. 걱정 마세요. 그래도 아직은 개척해 놓은 개간답 같은 게 있어 술값 정도는 손에 들어옵니다. 시방 개간답이라고 했냐? 위매, 그녀러 자갈밭 옹챙이 밭에 씨를 뿌려 봤자 나올 게 있어야 말이제. 심신만 고달프제. 더구나 요즘은 아무도 거들떠보지 않는 묵정밭으로 변하지 않았냐. 모든 게 시절 따라 변한다.

허긴, 아이들 제대로 자랐겠다, 다달이 나오는 쥐꼬리만 한 연금으로 남은 여생을 보내야지야. 내 생각이다만, 지출이 많고 씀씀이가 솔찮은 도시생활 접고 귀향하거라. 그 누구냐. 도연명인가 하는 시인을 비롯하여 낙향하여 남은 여생을 유유자적 값지게 산 사람이 얼마나 많으냐. 요즘이사 시골에 살아도 교통 좋겠다, 통신망 좋겠다, 하나도 불편을 모르지 않냐. 공기 좋고, 물맛 그만이고, 조용허니 그저 그만이다. 갈수록 복장 터질라 해서 어디 도시에서 살것디야. 저도 그럴 계획입니다만……

남위원은 어머니에게 담배 한 대를 피워 올리고 나서 묘소 앞에 주질러 앉았다. 까마귀가 건너편 산등성이로 날아갔다. 오랜만에 보는 까마귀였다. 한때 약에 좋다니까 무더기로 남획을 하여 구경하기가 어려웠다. 까마귀는 달을 상징하는 두꺼비와 더불어 태양을 상징한다. 세발 달린 붉은 까마귀[三足烏]는 태양의 본질을 이루는 남성의 상징이 셋이기 때문이다. 남근까지 아울러 다리가 셋. 그것은 생명력을 뜻하지 않는가. 그리고 까마귀는 새끼가 자라서 늙은 어미에게 먹이를 물어다 주는 효조(孝鳥)로 알려져 있다. 자식이 늙은 부모에게 정성이 지극할 때에 반포(反哺)라고 한다.

부모의 자식에 대한 정성과 사랑. 불효의 마음은 부모가 돌아가신 다음에야 사무치게 느끼는 것도 살아생전 효도를 다하지 못한 자책감이리라. 남위원은 엉덩이에 찬 기운을 느끼며 자리에서 일어났다. 이선생은 남은 여생을 어머니를 봉양하기 위해 낙향한다고 하였다. 상시인은 구십 넘은 부모님을 곁에서 모시고, 안교장은 지극한 효심으로 어머니를 모셨다. 가고 오는 순환은 자연의 순리인데 떠남은 언제나 허전함과 아쉬움을 남긴다.

남위원은 바닷가 소나무가지 끝에서 이는 바닷바람을 피부로 느끼며 어머니가 일구었던 옹챙이 계단식 다랭이 묵혀진 밭을 내려왔다. 아무도 모르게 산소를 돌아보는 마음이 쉽지만은 않은데, 바람 들이치는 가슴을 안고 일별하였다. 매번 고향을 다녀오게 되면 회한으로 뒤엉키는 허전한 바람. 그 깊이 모를 바람의 근원을 곱씹기 마련이었다. 그래서 고향은 가깝고도 먼 빛으로 채색되는지도 모른다.

어매, 아제요. 무슨 일이다요? 방죽재에 이르렀을 때, 누군가 깜짝 반겼다. 돌아보니 봉심이었다. 갯바람으로 그을린 주름진 얼굴은 세월의 더께를 둘러쓰고 있었으나 형체는 변함이 없었다. 형수님! 우연찮게 왔습니다. 바다에 나가셨던가 봐요. 오늘이 아제 성님 기제사여서 살아생전 좋아하던 바지락을 캤구만이라우. 낙지도 잡고요. 살아 계셨더라면 얼마나 반가웠겠소이. 봉심은 금방 목소리가 젖었다. 끈적한 부부애가 묻어났다. 그러게 말입니다. 건강하시지요? 나야, 아제 성님 건강까지 받아 젊어진 탓인지 요롷고롬 건강하요. 우리 집에 가십시다. 형수님을 봤으니 그만 가 볼까 합니다. 뭔 소리다요? 돌아가신 성님이 지하에서 뭐라 하겠소. 고향에 내려와도 누가 있소. 섭섭한 소리 말고 어여 갑시다.

남위원은 등 떠밀리듯 봉심과 어깨를 나란히 하였다. 고샅길을 치올라 농식의 집에 이르렀다. 농식은 남위원의 집 행랑채에서 근 십여 년을 살다 이 집을 지어 나갔다. 남위원은 봉심의 뒤를 따라 열린 철대문을 들어섰다. 마당에 승용차 한 대가 있었다. 아들이 왔는게빈디. 봉심의 말이 떨어지기가 무섭게 방문이 열리며 건장한 청년이 나왔다.

니, 혼자 왔냐? 애기엄마는 시간을 낼 수 없어서요. 누님은 학교 마치는 대로 오신다고 하였고요. 동생은 밤늦게 도착한답니다. 하긴, 평일이라 그렇기도 하겠다. 인사해라. 저 아랫집 우리가 살았던 여실댁 숙모님 아드님이시다. 너로서는 당숙 된께 그리 알아라. 봉심은 며느리의 존재를 섭섭한 그늘 속에 감추며 아들에게 인사를 시켰다. 시향을 지내러 고향에 내려왔을 때, 농식의 품에 안겨 있었지? 자세히 보니 농식을 많이 닮았다. 아버지 어머니로부터 말씀 많이 들었습니다. 아버지께 보내 주신 그림동화책도 어린 날 읽었고요. 듬직하니 아버지께서 고생한 보람이 있으셨네. 남위원은 농식이 자식농사는 잘 지었다고 머리를 끄덕였다.

자식들이 즈그 아부지 성원에 보답을 한 셈이지라우. 술상 봐 올 텐께 방에 드시오. 우리 집 와서 술도 한잔 안 들고 가면 지하에 계신 성님이 뭐라 하겠소. 인자 고향에 내려오면 우리 집이 고향 집이라 생각하시오. 봉심은 부엌에 들었다. 남위원은 장남과 자리를 마주하였다. 텔레비전이 놓인 바로 위 벽면에 농식의 사진이 걸려 있었다. 정장을 한 모습은 지난날 머슴살이를 할 때의 모습이 아니었다. 죽기 일 년 전까지 마을 어협조합장을 지낸 농식의 모습이었다. 어이, 동생. 자네가 잊지 않고 매번 보내 준 책 덕분에 내 앞을 반듯이 가릴 줄 아네. 농식의 투박한 목소리가 남위원의 어깨를 다독였다. 자식들은 농식이 기른 똥돼지가 그들의 학비 밑천이 되었다는 것을 알까? 술상이 들어오고, 술상을 내려놓는 봉심의 구부정한 모습에서 불현듯 눈보라 치던 날이 떠올랐다.

*

그해 겨울이었다. 남위원은 겨울방학이 끝나는 대로 군 입대를 할 처지여서 일찌감치 휴학계를 내고 홀가분한 마음으로 고향에 내려왔다. 입대 영장을 받지 않았더라면 겨울방학이라 할지라도 다음 학기 학비를 마련하기 위해 곱다시 아르바이트에 매달려야 하였다. 여실댁은 군 입대를 바라보고 있는 아들이 짜안하면서도 겨울을 오롯이 함께 지낼 수 있어 모처럼 집안에 훈기가 돌았다. 니가 집에 와 있응게 매서운 북풍한설이 범접을 못한다. 여실댁은 포만한 마음으로 그간 객지 밥이 얼마나 양에 차지 않았겠느냐며 끼니때마다 밥을 꾹꾹 눌러 담아 주었다.

농식이 형은 머슴살이를 그만두었는가요? 남위원은 예전에 볼 수 없었던 농식의 모습에 관심이 갔다. 내년 봄에는 장개도 가고 새살림을 차릴 것이다. 인자 그럴 만도 하지야. 장개 들면 우리 집 행랑채에서 신접살림을 하기로 했어야. 새집을 지어 나갈 동안 말이다. 너도 군대에 가고, 우리 농사도 거들어 줄 것이고, 튼실한 우접이 안 되것냐. 어머니의 말에 남위원은 기꺼운 마음으로 받아들였다. 농식은 그동안 남위원의 집을 수시로 드나들면서 행랑채를 손질하였다. 오랜 세월 남의 집 눈칫밥에서 놓여났다는 홀가분함이 서려 있었고 미래를 가슴에 여미는 행복감이 번져 있었다. 행랑채는 여실댁이 혼자 집을 지키는 동안 사람의 훈김이 가지 않아 손질할 곳이 많았는데도 농식은 가을부터 매실하게 손질을 하였다.

농식이 형, 벌써 신방이라도 차리는 기분으로 들떠 있는데 신부감은 어디서 구했어요? 내가 중간에 서서 삶은 계란처럼 익은 성싶으다. 마을 초입에 살고 있는 상투영감 막내딸 봉심이다. 여실댁은 농식의 중매에 퍽 만족스러워하였다. 그녀러 영감탕구가 처음에는 어떻게나 꼬장하게 나오던지 애를 먹었다. 열 번 찍어 안 넘어가는 나무 없다고 쬐끔씩 바람에 흔들리는 수숫대마냥 기울더니만, 서산에 기우는 새벽달이 되었다.

봉심이도 시계바늘맨치러 살짜기 마음에 들어 하는 눈매를 옷고름에 매달더니 인자는 얼굴을 함뿍 붉혔다. 아닌 말로 농식이만큼 신실한 사윗감도 없을 것이다.

머슴살이 이력을 내세우며 영 마뜩찮아 했을 텐데요. 그것이 무슨 전과라도 된다냐? 집안 내력을 볼작시면 농식이 집안이 훨씬 양반 아니냐. 그렇다면 농식이 형 입이 짝 벌어질 만도 합니다. 남위원은 진심으로 두 사람이 하나가 되기를 기원하였다. 그 마음은 농식의 행동에 의해 확인되었다. 한차례 눈보라가 휘몰아치는 깊은 밤이었다. 그 전날 행랑채 손질을 다 끝낸 농식은 손수 구들장을 자글자글 덥혔다. 농식은 밤이 깊자 가만히 남위원의 방문을 두드렸다.

나 좀 따라가자. 갈 수 있것냐? 농식은 진지한 얼굴로 말하였다. 부나비처럼 머리 위에 내려앉는 눈송이가 소담스러웠다. 이 밤중에 어디를 가시려고요? 남위원은 호기심 반 의아심 반 농식의 발자국을 밟았다. 길 위에 쌓인 눈은 발목까지 빠졌다. 말없이 앞장서 걷던 농식은 마을과 마을의 경계를 가로지르는 냇가 돌다리를 건너 첫 집에 이르렀다. 상투영감네 집이었다. 남위원은 바싹 긴장하며 호기심을 부풀렸다. 이 깊은 밤 도둑고양이처럼 찾아드는 것은 보통 비밀스러운 일이 아니었다. 더구나 상투영감의 꼬장한 성질은 세상이 다 알지 않는가. 농식은 가만가만 뒤뜰을 돌아나가 구석진 봉창문 앞에 섰다. 어느새 냄새를 맡았는지 황구가 농식에게 꼬리를 내두르며 몸을 비벼댔다. 그걸 보건대 황구와는 이미 돈독한 유대감을 지니고 있었다. 일종의 신뢰를 바탕으로 한 연대감이었다. 말하자면 오늘만의 비밀스러운 행보가 아니었다.

농식은 미리 준비해 온 생선 한 토막을 황구 입에 물려 주고 잠시 안방의 동정을 살폈다. 눈보라가 귓불을 따갑게 후려쳤다. 농식은 조심스럽게 새알 크기의 눈뭉치로 봉창문을 두드렸다. 한참 기척이 없더니 봉창문이 살며시 열렸다. 호롱불이 자지러지듯 바람에 흔들렸다. 농식은 남위원의 옷소매를 잡아끌며 봉창문을 비집고 들어섰다. 그 큰 덩치가 금방이라도 공이 박히듯 봉창문에 틀어박힐까 봐 걱정스러웠으나 기우에 지나지 않았다. 신기할 만큼 미꾸라지처럼 미끈하게 들어갔다. 남위원은 옷소매를 뿌리치며 사양지심을 내보였으나 농식의 완력 앞에 도리가 없었다.

……말한 대로 동생하고 왔응께. 농식은 변명 비슷하게 말하고 호롱불을 감싸듯 앉았다. 왔다는 말은 들었는디, 설 새면 군대에 간다면서? 봉심은 가만한 목소리로 반겼다. 화장기 없는 청초한 태깔이 호롱불빛과 잘 어울렸다. 남위원은 어정쩡한 자세로 한쪽 구석에 나앉았다. 분위기 자체가 어색할 수밖에 없었다. 두 사람의 밀애 장소에 끌려 나온 정황 참작을 예상하지 못한 것은 아니었으나, 굳이 남위원을 뒤따르게 한 농식의 속내를 알다가도 모를 일이었다. 내가 올 자리가 아닌데 영 불편한데요. 남위원은 한참 뜸을 들이다가 어색하고 겸연

쩍은 자신의 위치를 돌아보며 너스레로 말끝을 흐렸다. 뭔 소리냐? 너 땜새 용기 한번 크게 낸 것인디. 농식은 뚜벅하게 말하였다. 남위원은 농식의 그 말에 비시시 웃음이 비어져 나왔다. 방금 황구날 놈이 그간의 비밀스러운 만남을 말해 주지 않았는가. 공모자로서의 황구. 그 대가는 먹음직스러운 생선 한 토막이었다.

오늘밤 함께 놀러온다고 미리 귀띔을 해서 기다리고 있었구만. 입대도 한다 하고……. 봉심은 농식의 어색해하는 모습을 분칠하며 홍시를 내놓았다. 이왕이면 술도 한 됫박 있으면 좋것는디. 농식은 아무래도 홍시로는 분위기를 녹일 수 없다는 듯 봉심을 돌아보았다. 그 눈빛 속에 가슴에 숨겨진 연민 어린 갈망이 산허리에 둘러친 안개구름처럼 비어져 나왔다. 준비는 했는디, 안주 땜새 시간이 쪼깐 걸릴까 모르겠소. 봉심은 아랫목 이불을 들추더니 안주거리를 꺼냈다. 아따, 도야지 수육인갑네. 농식은 반색을 하였다. 먹성 좋겠다, 돼지고기 맛본 지도 쩨나 되었다. 뒤울안 눈더미 속에 묻어 두었더니 너무 꽁꽁 얼어 잘 안 녹네요. 봉심은 장롱을 열더니 술병을 꺼냈다. 상투 영감을 경계한 철저한 보안대책이었다. 출가외인이라더니 시집도 가기 전에 낭군 생각이었다.

어디서 귀한 술에다 도야지 수육이 난 거요? 외갓집 제사에 다녀왔어라우. 아부지 쬐끔 드리고 묵을 복이 있네요. 수육은 김이 모락모락 나야 하는디, 손님 대접이 영 그렇구만이라우.

봉심은 다분히 남위원을 의식한 체면치레였다. 아따, 우리가 뭔 생뚱한 손님이요. 동생아, 술 한 잔 들거라. 수육을 보니 술맛이 꿀떡이다야. 이놈에다가 묵은 신김치에 홍어 한 점을 곁들이면 천하 별미인디. 안 그러냐?

홍어삼합이야 언감생심 아니겠어요. 남위원은 권하는 술잔을 비웠다. 오미자를 곁들인 술 향기가 빗김처럼 가슴속을 비질하였다. 그려. 이보다 뭘 더 욕심내것냐. 히야, 술맛 한번 좋다! 농식은 가을 낙엽을 쓰레받기에 쓸어 담듯 묵은 체증이 확 풀린다는 얼굴로 술잔을 들이키고 나서 돼지수육을 묵은 신김치에 싸서 입이 미어지게 틀어넣었다. 농식의 식성은 옆 사람의 식욕을 부채질하는 마력이 있었다. 남위원도 술잔과 더불어 오랜만에 이가 시릴 정도로 씹히는 돼지수육을 양껏 들었다.

헌디, 거기도 좀 들어 보시오. 구경꾼맨치로 보고만 있지 말고. 거푸 술잔을 들이킨 농식은 어느 정도 포만감에 젖으며 봉심을 의식하였다. 정겨운 눈빛이었다. 아니어라우, 저는 외갓집에서 양껏 들고 왔구만요. 먹는 모습을 보기만 해도 배가 부른 듯하요. 허헛, 그라시오? 자고로 음식은 가리고 따지지 않고 달게 묵어야 식복이 온다고 하였소. 깨작거리며 젓가락으로 쿡쿡 쑤셔 가면서 보추 없이 묵는 사람치고 건강한 사람 보지 못했응께요. 근께 건강이 넘치제라우.

농식은 봉심의 그 추임새에 퍽 만족스러워하였다. 남위원은 쥐엄거리며 술잔을 비우는 가운데 시간이 흐를수록 자리가 불편하였다. 두 사람의 자리 마련을 위해 눈치 보아 가며 집으로 돌아가야겠다고 기회를 노렸다. 농식은 시간이 흐를수록 달뜬 기분이었다. 때마침 안방에서 기침소리가 늘렸다. 방안은 사뭇 긴장하였다. 그와 함께 뱃속에서 불편함을 알렸다. 아무래도 눈밭에 묻어 두었던 차가운 돼지수육 때문인 듯싶었다. 자취생활로 부실한 뱃속에 기름진 찬 고기가 들어갔으니 요동을 칠 만도 하였다.

왜, 일어나냐? 볼일이 급해서요. 남위원은 봉창문을 조심스레 열고 밖으로 나왔다. 술기운으로 달아오른 얼굴 위에 눈보라가 나비의 날갯짓으로 사뿐 내려앉으며 정신을 일깨웠다. 우선 방뇨부터 시원스럽게 해결하였다. 진저리를 치고 나서 바지단추를 여미는데, 농식이 곁에 서며 장대하게 포물선을 그리며 오줌을 내갈겼다. 어따, 요렇게 시원한 것을 참느라고 혼이 났다. 농식은 바지춤을 추스르고 나서 남위원의 뒤를 따랐다.

왜, 더 놀다 오지 않고요. 무슨 염치로 둘이 밤을 꼬박 새워야? 노인네도 언제 잠에서 깨어날지 모르는디. 노인네, 초저녁에 한숨 자고 나면 새벽녘에는 초롱빛이어야. 쬐끔 참아야제. 앞으로 똑 부러지게 한 몸이 되어 평생을 살 것인디. 제가 굳이 함께 가지 않아도 될 걸 그랬어요. 뭔 소리냐. 봉심이가 일부러 같이 오라고 귀띔을 했다. 인자 본께 도야지 수육으로다

너에게 환심을 사고 싶었는갑다. 저에게 환심을 살 필요가 있을까요? 느그 집 행랑채에서 신접살림을 하자면 너의 존재도 인식해야지야. 내가 누가 있나. 천애고아나 다름없제. 너를 시동생처럼 각별히 생각하라고 했다.

졸지에 형수님 한 분 생겼군요. 어떻게 두 분이 그렇게 진전되었지요? 어머니가 중매를 섰다고 하였지만, 상투영감의 까탈스러운 성질에 농식을 사윗감으로 인정하기까지는 여간 어려운 관문이 아니었을 것이다. 더불어 봉심의 눈높이로 보건대 농식을 남편감으로 인연의 수를 놓는 데도 상당한 난관이 가로놓였지 싶었다. 나도 아직까지 어리둥절한 마음이다. 느그 어무니가 무담시 중매를 선다고 했을 때, 참말로 허황한 마음이 들었다. 저쪽에서 머슴 놈 신세를 면치 못하는 나를 언감생심 사윗감으로 거들떠나 보았것냐. 어머니께서 무언가 가능성이 있다고 판단한 것 아니었겠어요. 근께 말이다. 어떻게 제갈량의 지혜를 빌려 왔는지 모르겠다만, 상투영감과 몇 번 무릎맞춤으로 담판을 짓듯 하더니 나를 적진에 나가는 장수맨치러 중무장을 시키고설랑 봉심에게 나아가게 하였다. 아따, 정말 아득하고 막연하였다. 말주변이 있나, 덩치 아깝게시리 숫기가 있나, 물먹은 솜방망이 꼴이었다. 농식은 그날이 꿈만 같아 수소처럼 허옇게 웃음을 지었다.

그런데도 떠억 하니 봉심의 마음을 사로잡았잖아요. 누가 아니냐. 느그 어무니가 천 길 낭떠러지 절벽 위에서 죽느냐, 사느냐, 그것만 생각하라고 등 떠밀더구나. 봉심이와 인연을 맺지 못하면 영원히 몽달귀신이 될 거라고. 느그 어무니의 진군 나팔소리가 천 근 무게로 다가오면서 장칼을 휘두르게 하였다. 농식은 그날을 떠올리며 비치석 웃음을 지었다. 그날만 생각하면 입에서 단내가 나면서 황홀한 무지갯빛 신기루 현상이 눈앞에 다가왔다. 조금치도 물러서지 말고 사내자식의 뜨거운 가슴을 열어 보이거라이? 한 번 기회를 놓치면 다시는 실지회복은 불가능하니께. 알았지야? 목숨 걸고 부딪치란 말이다. 뒷 걱정은 하들 말고. 여실댁의 한마디는 말발굽 아래 뽀얗게 흙먼지를 일으키게 하였다. 그렇다고 우지끈 기둥뿌리를 뽑아들 듯 내지를 수는 없었다.

대단한 용기를 냈군요. 용기 이상이었어야. 느그 어무니 말대로 하늘과 땅과 조상님에게 간곡히 빌고 나서 내 운명을 거기에 걸었지야. 까짓것, 모 아니면 도 아니겠느냐고. 느그 어무니가 제갈량 지혜 주머니를 빌려 봉심과 독대를 시키지 않았것냐.

봉심을 불러낸 곳은 하필이면 비석거리였다. 비라도 내리는 음습한 밤이면 도깨비불이 시퍼렇게 일렁이는 곳인지라, 간 큰 사람일지라도 밤나들이를 삼가는 곳이었다. 육이오 전쟁 때, 그리고 호열자로 죽어 간 혼령들을 무더기로 내다 묻은 한 많은 장소이기도 하였다. 쓰러진 비석들이 더욱 마음을 조마조마 옥죄들게 하였다.

상현달빛이 교교하게 내리비치는 밤이었으나, 예고 없이 반딧불이가 눈앞에 어른거릴 때면 농식이도 오스스 한기가 들었다. 분위기 좋은 장소가 얼마든지 있는데 하필이면 비석거리를 택한 것은 여실댁의 계획적인 책략이지 싶었다. 심약한 아녀자의 가슴을 한껏 움츠러들게 하여 농식의 존재를 더욱 돋보이게 하려는 계산속 같았다. 그 점을 미처 깨닫지 못하고 불려 나온 봉심은 금방 어둠이 내리자 하늘에 걸린 반달이 창백하게 내리비치는데도 무서움으로 가슴을 움츠렸다. 어서 비석거리를 떠나고 싶었다.

할 이야기가 있으면 얼른 하시오. …… 나에게 시집을 올 것이오, 말 것이오? 농식은 중등무지로 말해 놓고 두 눈을 질끈 감았다. 반딧불이가 도깨비불처럼 눈앞에 일렁거렸다. 그, 그게 무슨 말이다요? 나는 도무지……. 봉심의 말이 채 끝나기도 전에 눈앞에 반딧불이가 날아올랐는가 싶었는데, 난데없이 자갈이 날아들었다. 오매야! 그렇잖아도 잔뜩 가슴을 웅크리고 있던 봉심은 외마디 소리를 지르며 농식의 드넓은 가슴에 안겨 들었다. 봉심의 심장은 한겨울 처마 밑에서 잡혀 나오는 참새가슴처럼 콩닥거렸다. 얼떨결에 봉심을 받아 안은 농식은 엉덩방아를 찧을 뻔하였다. 뭔 신호가 가면 그때 여차 없이 봉심을 니 것으로 만들거라이. 여자는 한 번 마음을 허물면 별 수 없어야. 농식은 그 순간 여실댁의 말을 번갯불처럼 떠올렸다. 꼭 삼국지에 나오는 제갈량맨치러 어찌 그리도 딱 들어

맞는지. 농식은 그 말에 힘입어 봉심을 힘껏 안았다.

그럼, 그날 모든 일이 성사되었군요? 남위원은 어머니의 간계와 농식의 우직스러운 연출을 생각하며 씁쓰므레한 웃음을 지었다. 아니지야. 입맞춤으로 만족하였다. 양심상 그 이상은 다음으로 미루었다. 여실댁의 빈틈없는 작전지시이기도 하였다. 어떤 일이 있더라도 충격을 주거나 우격다짐으로 상처를 내지 말라고 하였다. 농식의 연장망태가 불끈 하늘을 뚫을 듯하였지만, 까무라치듯 안겨 드는 그 모습이 마음을 한없이 약하게 하였다. 어머니는 어디서 그런 책략을 가져왔을까요? 근게 말이다. 입맞춤 정도로도 충분히 마음을 사로잡는다고 하지 않것냐. 그래야 여자의 마음속에 믿음을 심어 준다고 말이다. 여실댁의 작전은 명도같이 똑 부러지게 맞아 떨어졌다. 다리가 후들거리는 봉심을 가슴에 안다시피 집까지 바래다주고 돌아섰는데 아, 그 뭐시냐. 그 입맞춤. 농식의 입술이 문신처럼 새겨졌는데 봉심이 어쩌겠어.

아무리 그렇다고 그렇게 마음의 문을 열 수 있을까요? 남위원은 이해가 가지 않았다. 시골처녀의 순진함을 감안하더라도 봉심이 쪽에서는 마음에 없는 벼락치기였다. 일종의 계획적인 성폭력에 가까운 행위가 아니고 무언가. 몇 날 방문을 걸어 잠그고 열병을 앓듯 고민에 빠져 있던 봉심이가 늙으신 아부지를 지척에서 모시고 살겠다고 마음을 열었다. 물론 거기까지 이르게 된 것도 여실댁의 절절한 발품 덕이었다. 상투영감도 입술을 깨문 처연하면서도 확고한 봉심의 선언에 어안이 벙벙한 얼굴로 끙 소리를 냈다. 여실댁의 설득에 팔부능선에 이를 정도로 꼭지가 돌았지만, 설마 하는 눈빛으로 딸의 마음을 재우쳐 물었다. 헌디, 어쩔 것이여. 딸내미 결심에 노후를 생각하지 않을 수 없었다.

남위원은 농식의 그 말을 눈 위의 발자국으로 수를 놓았다. 농식은 그렇게 한겨울 상투영감의 눈을 피해 밀애를 즐겼고, 남위원은 봄기운이 발밑에 느껴지는 날 군에 입대하였다. 그리고 농식과 봉심은 화창한 오월 결혼식을 올렸다. 남위원이 제대를 하고 집에 돌아왔을 때, 봉심이 낳은 첫 딸아이는 이제 막 낯가림을 하였다.

*

남위원은 허전하고 피곤한 바람을 잠재우기 위해 버스에서 내리는 길로 고속버스터미널 건너편 공지에 펼쳐진 오시게장을 들렀다. 원래는 온천장 근처에 자리 잡고 있었는데, 도시개발에 밀려 기찰에서 잠시 머물다가 여기에 난전을 폈다. 옛날의 정감이 어리지 않았으나 이것저것 잡동사니 난전을 돌아보니 마음이 굼실거렸다. 등산객들과 버스로 들고나는 사람들이 옛 향수에 취하여 북적거렸다. 남위원은 난전을 기웃거리다가 낙지와 김 한 속을 샀다. 봉심이 차려 준 술안주가 아직도 입가에 묻어나 물씬 고향냄새가 나서였다. 그냥 돌아설까 하다가 돼지국밥집을 들어섰다. 배낭을 짊어진 한 무리가 산행을 풀어 놓고 있었다. 김이 무럭이는 간이 돼지국밥집. 모락모락 정겨움이 피어나 혼자 동동주를 걸치기에는 어딘지 모르게 궁상맞았다. 돼지국밥을 들고 엉거주춤 자리에서 일어났다.

자네가 여기는 어인 일인가? 뜻밖에 귀에 익은 목소리가 이마를 부시었다. 고개를 들어 보니 김선장이었다. 부인과 함께 였는데 두 사람 다 태깔 고운 정장차림이었다. 어부인과 어디 다녀오는가? 남위원은 졸지에 반가웠다. 뜻밖의 장소에서 고향 까마귀를 만났으니 말하여 무엇하랴. 고향에 다녀오는 길이야. 고속버스에서 내려 집에 가기는 웬지 출출하여 돼지국밥이 생각나더군. 집사람도 이왕이면 장을 보고 가자 하고. 고향에 다녀왔으면 그 맛 좋은 해산물을 포만스럽게 뱃속에 담아 왔을 게 아닌가. 그건 그거고, 난장을 보는 맛도 있지 않는가. 자네는 어디 다녀오는가? 안교장 모친 출상을 보고 잠깐 어머니 산소를 다녀오는 길이야. 안교장이 상을 당했다고? 내게도 알려 줬어야지. 다음에 만나면 면목 없게 생겼네. 효성이 지극하다고 하였는데 슬픔이 이만저만 아니겠어. 어머니 산소는 왜 도둑고양이처럼 가만히 다녀오는 거야? 나라도 알았으면 동행이 됐을 텐데. 김선장은 다분히 나무라는 투였다. 능히 그럴 만도 하였다.

그냥 가만히 다녀오고 싶었어. 선배님을 만나 뵙지 못한 게

죄송스러웠네만 기분이 그랬네. 고향에는 무슨 일로? 이번에 둘째 처남이 옛날 우리 집 채전밭머리에 집을 짓고 내려왔어. 사업을 한다고 하지 않았는가. 남위원은 한잔 술이 들어가면 은근히 둘째 처남을 자랑하던 김선장의 품새를 떠올렸다. 건강이 따르지 않아 두 아들에게 사업을 맡기고 요양차 내려온 거야. 간경화라고 하는데 사업을 하다 보면 엄청 스트레스를 받지 않는가. 굳이 우리 집 채전밭머리를 고집한 것은 앞산에 샘솟는 석간수와 청정바다에서 나는 해산물 때문이야. 울적한 소식이군. 병의 근원은 마음에서 온다고 하였네. 근심걱정을 여의면 회복될 거야. 남위원은 김선장의 부인에게 위로의 말을 하였다. 그녀는 돼지국밥을 송글 땀 맺히게 비우더니 장을 보러 나갔다.

뱃속이 허전했던가 보네. 김선장은 인파 속에 묻혀 가는 마누라를 바라보며 담배를 피워 물었다. 어부인과는 잘 정돈된 모양이군. 남위원은 지난번 고향에서 김선장의 속앓이를 곱씹었다. 첫사랑 사내의 퇴원과 동시에 집에 들어서더군. 내가 그랬지. 그 사내를 집으로 한번 초청하라고. 산행에서 은밀하게 만나는 것보다 툭 까놓고 서로가 마음 편하게 우정적으로 지내자고 하였다. 처음에는 눈을 둥그렇게 뜨더니 곧바로 김선장의 진심을 헤아리고 술자리를 마련하였다. 피차 늙어 가는 마당에 감추고 피할 건 없잖은가. 자네도 이제 보니 달관자연하였네. 남위원은 흐르는 개울물에 세월의 무게로 씻기고 닳은 조약돌을 문득 떠올렸다.

　요즘 한사장과는 소식이 뜸하지? 한동안 전화를 못했어. 무슨 일이라도 있는 건가? 그 친구야 여전하지. 자네가 소식불통이라면서 은근히 걱정하던데. 사실은 이번에 백수로 나앉았어. 그래서 조금은 경황이 없었지. 마음도 허전하였고. 그래서 도둑고양이처럼 가만한 걸음으로 쓸쓸히 어머니 산소를 찾았구만. 김선장은 찡하게 울리는 가슴을 한잔 술로 다스렸다. 무엇도 벗고, 무엇도 버리고, 모든 굴레로부터 벗어나라고 하였지만, 양파껍질처럼 아픈 속살을 드러내는 것과 다를 바 없을 것이다.

　제수씨는 잘 계시던가? 고맙게도 뒤늦게 입덧을 하더군. 오다가다 만났다고는 하지만 제수씨 하나는 제대로 들어왔네. 매사 조신하고 어머니께도 효성이 지극하고. 집안의 복 아니겠는가. 여부가 있는가. 자네와 안교장, 이선생께 신신당부하듯 안부를 전하더군. 세 사람과는 어떤 인연인지 모르겠어. 안락한 동네가 그런 곳 아닌가. 남위원은 김선장의 의문부호를 술잔 속에 묻어 버렸다. 간호사의 이력과 상처로운 방황을 바다 깊이로 사장시켜 버린 그녀의 과거사를 새삼 들먹여서 좋을 게 무언가.

　그런데 어머니 산소를 찾은 다른 뜻이 있지 싶은데? 김선장은 술잔을 건네며 진지하게 물었다. 남위원 성격상 늪지대 같은 현재 위치에서 가라앉지 않을 것이다. 화두에서 깨어났네.

한사장 처가마을에서 새롭게 삶을 가꾸겠네. 남위원은 오랜 방황 끝에 자신의 위치를 찾아낸 기분이었다. 김선장의 부인이 난장을 둘러보고 돌아왔다. 잔뜩 장을 보았다. 그녀는 고향에서 가져온 생선과 전복을 김과 낙지가 든 남위원의 비닐봉지에 넣어 주었다. 두 사람은 술잔을 비우고 나서 자리에서 일어났다.

가까운 시일 한사장과 자리를 한번 하세나. 자네의 새로운 둥지를 위해 행운을 빌어야겠지? 겸사로 안교장도 위로해 주고. 김선장은 힘주어 말하였다. 남위원은 동래전철역에서 김선장 부부와 헤어졌다. 이상하리만치 도시 전체가 스산해 보였다.

*

시장을 다 봐 오고, 웬 전복이에요? 아내는 백수로 전락한 남위원의 행동을 묘한 눈으로 매김하였다. 그도 그럴 것이, 집을 나설 때는 안교장 모친의 출상에 따라나서지 않았는가. 모처럼 오시게장에 들렀더니 뜻밖에 김선장 부부가 고향에 다녀오다 들렀더라고. 우연찮게 만난 거지. 부인이 인심 좋게 전복과 생선을 주더군. 어찌 그리 딱 마주쳤을까요? 더욱 기특하고 갸륵한 건 당신이 이걸 무사히 집까지 들고 왔다는 거예요. 이런 마음씨를 진즉 가졌더라면 얼마나 환영을 받았을까. 허허, 할 말이 없구려. 남위원은 너털 웃었다. 벽면의 시계를 올려다보고 붓을 챙겨 들었다. 오늘은 쉬세요. 술김에 먹물을 어떻게 찍어 바르게요. 맑은 정신에도 붓자루가 잘 돌아갈까 말까 한데. 그보다 전복에다 술이나 한잔 더 하세요. 이선생님이 전화를 했습디다. 손전화를 안 받는다면서요. 남위원은 못 이기는 체 붓자루를 제자리에 놓고 이선생에게 전화를 걸었다. 퇴근길에 동료들에게 붙들려 당장은 어렵다고 하였다.

오늘은 모처럼 당신과 고향 안주로 술잔을 들어야겠어요. 갑작스레 변한 당신의 태도가 황홀지경이네요. 날이면 날마다 술과부 만들기 예사로 하더니 이제야 철이 든 건지, 아니면 노망살이 든 건지, 그것도 아니면 마누라가 제대로 보이는 건지……. 아내는 된통 눈을 흘기고 나서 전복을 장만하였다. 남위원은 아내의 푸념을 귓결로 흘려들으며 보던 책을 끌어당겼다. 자신도 모르게 눈이 감겼다.

비몽사몽간에 시외버스를 탔다. 새로 구입한 버스어서 산뜻하였다. 앞서가는 차량을 추월하지 않는데도 상쾌하였다. 스치는 차창 밖의 풍경을 바라보면서 비릿하고 짭질한 고향냄새를 들이마셨다. 언제나 그렇듯 마음이 답답하거나 울적할 때면 고향 바다내음을 가슴 깊이로 음미하며 기분을 전환하는 꿈을 꾸었다. 누군가 옆 좌석에 앉았다. 물씬 풍년초 냄새가 배어났다. 어머니가 즐겨 피우던 풍년초. 고급 담배는 입맛만 좋았제 당최 싱거워야. 요놈을 똥지에 말아서 양껏 피워야 막힌 가슴이 휑허니 뚫려야. 어머니는 방 안 가득한 담배연기에 투정을 부릴라치면 그렇게 다독거렸다.

남위원은 흘깃 옆 좌석을 훔쳐보았다. 백발이 성성한 꼬장한 노인이었다. 좌석이 텅 비다시피 하였는데 그 너른 공간을 다 놔두고 하필이면 비좁게시리 합석을 하다니. 혼자 앉아 가기가 너무 외로워서인가? 남위원은 나름대로 해석하며 다시금 차창 밖 풍경에 정신을 놓았다. 겨울로 들어선 산천은 적요함과 쓸쓸함을 안고 있었다. 사람의 감정은 자연의 변화와 사물에 동화되기 쉽다고 하였던가. 살가운 마음으로 다가서는 풍경들이 스산한 기분을 베어 물게 하였다.

젊은이 나 좀 봅세. 노인장이 옆구리를 찔벅하였다. 젊은이라고? 남위원은 노인장의 말에 잠시 어리둥절해하였다. 이삼십 대도 아니고, 사오십 대도 넘어서지 않았는가. 그런데 젊은이라니. 노인장의 행색을 새삼 뜯어보았다. 촌로였다. 시골에서는 남위원의 나이쯤은 젊은 축에 든다는 것을 상기하였다. 무슨 할 말이라도 있으십니까? 남위원은 편안한 마음으로 노인장의 말벗이 되기로 하였다. 보아하니 모처럼 고향에라도 내려가는가 보는디 내 말이 틀렸는가? 어떻게 그걸 아십니까? 관심법이지. 노인장은 담담한 얼굴로 머리를 끄덕였다. 남위원은 흥미를 느꼈다. 마음의 본성을 관찰하는 것을 관심(觀心)이라고 하는데 마음은 만법의 주체로, 모든 것은 마음과 관계되므로 마음을 관찰하는 것은 곧 일체를 관찰하는 것이라고 하였다.

 심각하게 받아들일 것은 없네. 무지랭이 촌로지만 자연과 벗하며 살게 되면 마음의 근원을 알게 된다네. 땅은 천기를 받아 안으며 씨를 뿌린 대로 거두지 않던가. 그렇습니다만……. 자네가 고향을 찾아가는 이유가 도시생활의 고단함을 접고 어머니의 품과도 같은 고향에 육신을 내려놓기 위해서가 아닌가? 그 점도 부정할 수 없습니다. 남위원은 다시 한 번 혀를 내둘렀다. 의식이 있는 자의 마음가짐이지. 다들 어느 정도 정신 없이 고향을 떠나 살다가 문득 고개를 들게 되면 자신이 어디까지 왔는지 새삼 입술을 깨물지. 그리고 홀가분한 마음으로 고향의 품에 안겨 마지막 여생을 보내고 싶어 하네. 하지만 쉽지만은 않네. 자존심 때문에, 끈적한 미련 때문에, 지금까지 몸에 배어 버린 서푼어치 생활습관 때문에 주질러 앉네. 마음은 굴뚝 같은데 실행에 옮기기는 난망하이. 인간의 허세는 그렇게 파장이 크다네. 헌데, 자네는 조금은 달라. 내가 보건대 도시를 떠날 걸세. 고향보다는 마음 정한 곳이 따로 있지 싶네. 이미 마음 가는 곳이 있어. 아무 생각 말고 나를 따라오게나.

 노인장은 버스가 섬진강을 건너뛰자 자리에서 일어났다. 남위원은 주술에 걸린 듯 순순히 노인장의 뒤를 따랐다. 노인장의 뒤를 따라가던 남위원은 낯설지 않은 주위의 산세를 돌아보고 주춤 걸음을 멈추었다. 한사장의 처가동네가 눈앞에 나타난 것이다. 의외였다. 그렇다면 노인장은 이 마을 사람인가?

아니면 한사장의 장인이라도 된단 말인가? 남위원은 잠시 영문을 몰라 하였다. 잠자코 따라오게. 노인장은 앞장서 걸었다. 그런데 또 한 번 눈을 크게 떴다. 분명 백발이 성성한 머리와 얼굴은 사람의 형상인데, 엉덩이는 돼지궁둥이였다. 뒤뚱뒤뚱, 살찌고 늙은 돼지궁둥이. 이럴 수가!

여보, 일어나요. 그새 무슨 잠이에요. 아내가 전복을 식탁 위에 내려놓으며 남위원을 깨웠다. 남가일몽이라더니, 긴 꿈을 꾸었어. 남위원은 전복을 맛보았다. 짭질한 바다내음이 온몸에 퍼졌다. 아, 이 쫀득하고 결 고운 맛이라니! 무슨 꿈을 꾸었는데요? 전복 맛을 보기 위해 고향에 내려가던 길에 돼지궁둥이 형상을 한 백발 노인장을 만나 한사장 처가동네를 갔어. 당신, 혹시 그곳에다 집을 짓자는 것은 아니겠죠? 당신도 관심법을 아는가? 노후대책으로 시골생활이 좋기는 하지만 거기에 적응하자면 만만찮을 거예요. 동기 남편 유사장 알지요? 의령 어디다 별장을 지었다는 사람 말인가? 삼 년도 못 살고 철수하였다던가? 시골사람들을 처음에는 부모처럼 생각하고 모셨는데 나중에는 아예 의탁하려고 해서 정말 힘들었다고 하였다. 시골 이야기만 나오면 머리를 가로저었다. 귀농도 아니고 어정쩡한 귀촌은 적응하기가 쉽지만은 않았을 것이다.

그런데 꿈이 아무래도 예사롭지가 않아. 돼지꿈만 꾸어도 복권에 당첨된다는데, 돼지궁둥이를 한 백발 노인장이라니. 운수대통, 길한 땅이 아닐까? 남가일몽이라고 했잖아요. 이미 그쪽으로 마음 정했는걸. 남위원은 짐짓 아내의 말을 흘려들으며 전복을 마저 들었다. 김선장과 오시게장에서 마신 술 때문인지 술이 상긋 취하였다. 또 남가일몽을 꾸어 볼까? 남위원은 비싯 웃음을 지었다. 이번에는 아예 토실한 돼지를 타고 산천경개를 구경하는 꿈을 꿀까?

떠난 자와 남는 자

시름시름 한 해가 갔다고나 할까, 따지고 보면 일 년 삼백 육십오 일 하루하루를 해수병 환자처럼 콜록콜록 기침을 해 대며 누덕누덕 헌옷가지를 꿰매듯 엮어 보냈다고 해야 할 것이다. 참 한심한 일상이 아닐 수 없었다. 나이가 많고 적음과는 상관없이 누덕누덕 기운 일상이 눈덩이처럼 쌓였다가 녹아 없어진 것이리라. 일 년이라는 굴곡진 마디마디가 도드라지게 맺혀 나는데도 발밑에 묻히기 마련이었다. 어떻게 살았는가? 죽음 앞에서 따지고 묻지 않는 것도 그래서일 것이다.

새해맞이 합시다. 강시인의 그 말은 구태를 벗읍시다, 그 말로 다가왔다. 구태를 벗어 봐야 몸에 익은 일상을 어떻게 개선하랴. 뱀이 아무리 허물을 벗어 봤자 그 형상이 달라질 것인가. 하긴, 나비나 매미는 그 변신이 너무나 눈부시지 않는가.

인간의 마음도 나비나 매미처럼 탈바꿈을 한다면 얼마나 좋을까. 한 시절, 구악을 일소하자는 정치적 구호가 메아리친 적이 있었다. 그런데 그 구호의 창안자들이 구시대의 부패한 군상들로 다가왔다. 매일같이 뉴스에 의존하지 않더라도 똥시구덩의 구더기마냥 타락한 군상들이 우글거리지 않는가. 달라져야 한다고 다짐하고 채찍을 가하고 형벌을 무겁게 할수록 크고 작은 범죄가 박쥐의 날개로 서식하지 않는가. 나비와 매미의 변신. 올해는 그렇게 탈바꿈할 수 없을까.

남위원은 썩 내키지 않는 목소리로 어디냐고 물었다. 위쪽 큰길가 포장집이라고 하였다. 자유를 주니까 오히려 삶의 가중치를 느낀다는 노예의 근성이 배어난 것일까. 버팅기고 있던 삶의 지렛대를 놓아 버리고 홀가분하다 싶었는데, 웬걸 육신부터 찌뿌드드하고 정신상태가 풀린 테이프마냥 녹작지근하였다. 스스로 긴장을 조성하며 채찍질하는데도 그때뿐이었다. 칼바람을 맞으며 자전거로 강변을 산책하거나, 서예학원에서 기가 다 빠지도록 붓대궁이를 놀리거나, 열 평 남짓한 공간에서 집필과 좌선을 하는데도 무기력증은 곰팡이 균처럼 기생하였다. 더구나 올겨울은 유난히 폭설이 잦아 눈 구경하기가 가뭄에 콩 나듯 하는 이곳에도 두어 차례 함박눈이 쏟아져 추위로 몸을 움츠렸다.

남위원은 뭉기적 자리에서 일어났다. 아내는 외출 중이었다. 꿀벌처럼 한창 사회일선에 나가 있을 때는 남편이 기다려지고 모처럼 맞은 주말에도 술독에 빠져 있는 가장이 원망스러웠는데, 원도 한도 없이 얼굴 맞대고 살자니 어지간히 신물이 나는가? 충렬시장을 지나 포장집을 들어섰다. 강시인과 안교장이 마주 술잔을 들고 있었다. 새해맞이 치고는 스산한 기운이 떠돌았다.

다들 나이 때문인지, 신년맞이를 시큰둥하게 여깁니다. 생각 같아서는 쌓아 올린 연륜을 하나씩 허물어뜨리거나, 거꾸로 헤아리고 싶겠지. 과메기를 보니 입맛이 좀 돌 것 같군. 동해의 물빛이 보이지요? 그보다는 캄차카 근해의 바다빛이 젖어 있는걸. 과메기를 한입 썹어 삼키는데 이선생이 테니스채를 어깨에 둘러매고 들어섰다. 테니스로 기분전환을 한 건가? 왼쪽 다리에 이상기류가 흐른다 싶어 가볍게 조율을 해 보았지. 노화에서 오는 이상기류 아니오? 강시인의 빗김 친 말에 이선생은 불편한 자세로 자리에 앉았다.

이제 알게 모르게 하나둘 병명이 불거질 때지. 그런데 이선생의 붉은 담요는 어디로 가고 파란 담요네. 남위원은 이선생이 깔고 앉은 담요를 가리켰다. 담요 색깔이 파릇한 봄기운을 안고 있었다.

빨았어요. 이선생의 온기가 고스란히 배어 있는데 그 소중한 온기를 세탁기 속에 산화시키다니요? 다른 사람의 엉덩이 기운도 묻어 있지 싶어 새해와 더불어 정갈하게 빨았어요. 오라, 새해부터는 오로지 이선생의 온기만 배어들게 하겠다? 그랬으면 좋겠는데 새봄과 더불어 어머니 곁으로 가신다면서요? 그 말은 어디서 귀동냥해 들었지요? 그렇더라도 일주일에 한두 번은 내려올 거요. 설령 발길이 뜸할지라도 기다리는 마음은 소중한 게요. 누가 들었으면 진심인 양 오해하겠어요. 수인은 정겹게 눈을 흘기며 김이 모락이는 토장국을 내려놓았다. 비로소 시골 토방마루에 걸터앉아 술잔을 나누는 정겨움을 베어 물었다.

안교장은 학교를 옮긴다지요? 새로운 활력소가 되겠어요. 어디를 가나 매일반이지요. 저도 곧 정년으로 나앉을 게고. 자유를 누리는 기분이 어떠시오? 점점 몽롱한 나락에 빠져드는 듯해요. 나비나 매미처럼 거듭나야겠는데. 그것도 일종의 누린 자의 욕망입니다. 남위원은 강시인의 말에 순간 자신의 허벅지를 꼬집히는 아픔을 느꼈다. 그래, 정지작업을 한 양돈장에다 집을 짓자. 당신들도 그 덕분에 별장처럼 이용하고 말이야. 새로운 환경 속에서 자신의 존재를 인식하는 마지막 열정일 수도 있고…….

나, 한사장 장인마을에 집을 짓기로 했어요. 이럴 수가! 지상의 톱뉴스요. 삼겹살이나 족발 없어요? 안교장은 깜짝 뉴스에 전율을 느꼈다. 내친김에 삼겹살이나 족발로 이 기분을 붕 띄우자. 주인은 족발을 내오기 전에 삼겹살부터 내왔다. 삼겹살을 먹을라치면 중국 하니족들의 계단식 농경지를 떠올린다는 고향친구의 말이 새삼 귓가에 울렸다. 그 위에 가난하였던 시절이 얼룩배기로 다가왔다. 찢어지게 가난하였던 시절에는 삼겹살이나 제대로 맛보았는가. 기름기가 흐르는 오늘의 군상들을 보면 확실히 세태가 이상고온 현상임에랴. 한때는 아랫배가 두둑한 사람을 가진 자의 화신으로 보았는데.

저는 어렸을 때 입었던 색동옷이 떠올라요. 항상 헐겁고 낡은 옷만 입다가 명절이 돌아오면 때때옷이랍시고 입는 색동옷, 그 색감이 기름기 배인 삼겹살 속에 배어 있어요. 그걸 주제로 해서 시를 쓰면 명시가 되겠어요. 색동옷과 삼겹살. 전혀 이미지가 와 닿지 않는데도 가난이라는 한스러움이 동질성으로 묻어나지 않는가. 새해에는 마음을 기름지게 합시다. 남위원은 새로운 광장을 오붓하고 따뜻하게 일구시고요. 우리 시대는 그런대로 행복한 시대요.

이선생이 손전화를 꺼냈다. 발동이 걸린 모양이었다. 풀피리 시인을 부르고, 김동화, 김여류, 문선생, 이수학, 이시인, 최기자, 구박사, 김선장, 한사장, 맞수 바둑으로 우정을 다지는 박소설가까지 불러냈다. 한 차례 순례를 하게 생겼다. 한 해가 이렇게 시작되는구나. 풀피리 시인이 들어서고, 김동화, 김여류, 문선생이 뒤따라 들어서고, 이수학이 이제 갓 맞춤한 개량한복을 입고 나타났다. 자리가 비좁았다. 풀피리 시인의 풀피리가 심금을 울리고, 구박사의 열애에 이어 문선생의 보리밭이 동면에서 깨어나게 하였고, 남위원의 사철가에 이어 숨어 우는 바람소리가 합창으로 이어졌다. 한 무리 손님들이 들어섰다. 자리를 비워 주어야 했다. 우쭐우쭐 폐허처럼 변해 버린 군인아파트 단지를 지나 김화백의 화실에 들어섰다. 여기도 문하생들끼리 조촐하게 새해맞이를 하고 있었다. 석탄난로를 가운데 두고 빙 둘러앉은 사람들 틈을 비집고 앉았다. 남위원은 설익은 솜씨로 태산은 한 줌 흙으로 이루어진다는 글을 화선지에 휘갈겨 썼다. 그래요, 그래. 한 시간이 하루가 되고 하루가 일 년이 되고 일 년이 백 년이 되는 거요.

화실을 뒤로하고 철로를 건넜다. 연포탕집은 굳게 문이 닫혔다. 어디로 떠났는가. 발길을 돌렸다. 오래도록 문을 닫았던 곱창집이 불을 밝혔다. 영업을 마쳤는데 어쩌지요? 새댁 같은 주인은 퍽 미안해하였다. 북면막걸리집을 들어섰다. 반겼다. 둘러앉자마자 노래를 불렀다. 마음껏 마시고 노래 부르세요. 새해와 더불어 다른 사람에게 넘겨주기로 하였어요. 저도 정이 들었는데 잠시 쉬고 싶어서요. 이별가를 불러야겠어요.

누구나 인연이 다하면 떠난다. 더불어 잊히기 마련이다. 호수에 던진 돌멩이가 만드는 파문. 잔잔한 여운이 사라지면 언제 그랬느냐는 듯이 가라앉는다. 인간의 자취도 별반 다를 게 없다. 하늘의 별똥별처럼 잠시 빛을 발하다가 사라질 뿐이다. 그래서일까, 노랫가락이 애조를 드리웠다. 우리네 정서가 그런 것인가. 인생을 노래하고 사랑을 노래하는 데도 비애를 머금었다. 방금 주인장은 잠시 쉬고 싶다고 하였다. 장사가 어렵다는 것 아니겠는가. 거기에 삶의 비애가 빗방울이나 이슬방울로 맺혀 나 옷깃을 적시고 가슴을 적신다. 그러기에 노랫가락이 애스러웠다. 올 한 해 또한 얼마나 즐겁고 우수 어린 일상이 교차할 것인가.

*

무기력 증상에서 벗어나기 위한 하루의 일과는 그런대로 마음을 붙들었다. 무모하게 산을 오르거나 조깅을 하지 않아도 창조적인 일상을 누릴 수 있는 단계. 그것은 자신과의 싸움이었다. 매화가 피었다고 성전암 주지로부터 전화가 온 것은 새롭게 빗장을 열어 주었다. 아파트 숲 속에서 매화라면 벽면에 걸려 있는 매화가 있을 뿐이었다. 사철 향기 없는 꽃으로 피어 있는 박제된 꽃. 그 가지 위에 참새가 날아와 고개를 들까불고 있는 전경은 현실과는 동떨어졌다. 강시인더러 매화를 보러 가자고 하였다. 치자꽃을 유난히 좋아하는 그 마음을 부추긴 것이다.

그렇잖아도 안교장, 풀피리 시인과 매화마을을 가기로 했어요. 안교장께서 전화하기로 하였는데 연락이 안 갔는가 보지요? 멀리 갈 것 없어요. 성전암이 있잖아요. 일당백이라고, 한 그루 매화나무가 전체를 대변하잖소. 거기가 있었군요. 그렇게 연락하리다. 강시인은 곧바로 일행을 싣고 아파트 입구로 왔다. 이선생도 동행하였더라면 좋았을 것을 고향 어머니에게

110

갔다는 것이다. 간밤에 차가운 빗방울이 듣겨서였을까, 주말인데도 도로가 한산하였다. 경부고속도로를 달리다 보니 영취산 봉우리에 잔설이 희끗하였다. 춘설이라고 해야 할까. 고속노로를 벗어나 꼬불꼬불 성전암을 찾아들었다.

저건 양돈장 아니오? 실개천을 가로지른 다리를 건너자 안교장이 침묵을 깼다. 오래전에 폐사된 거요. 그래도 여름에는 냄새가 나겠는데요. 땅속에 배인 악취는 쉽게 사라지지 않는다고 하더군요. 풀피리 시인은 은연중 한사장 장인이 경영하였던 양돈장을 빗대었다. 남위원은 성전암 주지의 말을 상기하였다. 여름에는 시원한 미풍 속에 돼지똥냄새가 이맛살을 찌푸리게 한다고. 삼겹살을 좋아하듯 돼지꿈을 꾸면 되지요. 강시인의 그 말에 웃음을 흐트리며 종각 앞에 이르렀다. 어디서 구하였는지 잡종견 두 마리가 호들갑스럽게 짖으며 꼬리를 흔들었다. 주지스님은 종각 앞까지 마중 나왔다. 바로 옆 매화나무에 눈꽃처럼 매달린 매화가 향기를 진동시켰다.

매화나무 하나 명품입니다. 안교장과 풀피리 시인은 감탄을 하였다. 각기 매화를 따 들고 차실로 들어섰다. 주지스님이 다루는 찻잔 속에 매화를 띄웠다. 만물이 추위에 떨고 있을 때 봄소식을 제일 먼저 알려 준다고 하였던가. 삶의 의욕과 희망을 되찾아 주는 눈 속의 꽃. 그런가 하면 사랑을 상징하는 백 가지 꽃 가운데 으뜸 아닌가. 모란이 부귀, 연꽃이 군자, 난초가 은둔자와 귀녀, 국화가 은일자, 해당화가 신선인 데 반해 매화는 꽃 중의 우두머리라고 하였다. 늙은 몸에서 정력이 되살아나는 회춘을 상징하는가 하면, 절개와 불의에 굴하지 않는 선비의 정신을 표상한다고 하였다. 주지스님은 일연선사가 신라에 불교가 전파된 것을 매화로 상징하여 읊조린 시를 찻잔 속에 띄웠다.

퇴계는 성장(盛粧)한 미녀의 이미지인 모란 대신 담장(淡粧)한 미녀의 이미지인 매화를 최고의 미녀로 상징하였다. 천향국염(天香國艶)은 원래 모란이었다. 모란과 매화는 대조적인 꽃인데, 퇴계 이황에 이르러 매화를 윗자리에 올려놓게 되니 매화가 즐겨 그려졌다.

겨울매화는 죽은 용의 형상이라는 말이 떠오릅니다. 스님께서 선화(禪畵)에 조예가 깊은 만큼 매화에 남다른 향기가 배어나지 싶습니다. 그 말을 들으니 매화를 두고 미녀를 희롱하듯 화선지에 각인을 하는 것도 기념이 되겠습니다. 주지스님은 파도말에 떠밀리듯 화구를 펼쳤다. 일필휘지, 화선지마다 매화향기가 가득하였다. 남위원은 문득 조시인과 구박사와 동행하지 못한 것이 아쉬웠다. 셋이서 주지스님의 후원에 힘입어 동인지를 의욕적으로 간행하였을 때, 매화향기와 계절 따라 피는 꽃향기에 이끌려 성전암을 곧잘 찾았다. 그때마다 화선지에 도도한 흥취를 담았었다. 가십시다. 이 기분을 안고. 주지스님은 네 사람을 일으켜 세웠다. 어딘가 하였더니 한적한 시골길을 달려 왕방 도자기공방을 들어섰다. 범어사 아래 무형의 공방이 생각났다.

무형의 공방에서 우리들이 찍어 발랐던 도자기들은 어찌되었소? 그 뒤로 올라가 보지 못하였어요. 돌아가는 길에 들릅시다. 안교상노 같은 생각을 한 모양이었다. 왕방은 마침 작업을 하고 있었다. 올봄에 전시회를 열어 볼까 하고요. 그래야지. 바쁜데 찾아와 방해가 되겠네. 아이구, 스님. 이 귀한 분들이 새해와 더불어 먼 길 찾아오셨는데 반갑지 않고요. 방에 드십시다. 아니야. 이곳이 더 좋겠어. 초벌구이들을 그득하니 바라보니 마음이 넉넉해지는구랴. 그럼, 잠깐 기다리세요. 차라도 내오라 하겠습니다. 왕방은 공방을 나섰다. 밖에서 차 소리가 났는가 싶더니 부인이 동동주와 더불어 두부와 삼겹살을 안주로 들여왔다. 웬 진수성찬이시오? 남위원은 일행을 대신하여 흐뭇한 마음으로 겸손해하였다. 술꾼들은 어디를 가나 술복이 있는가 보죠? 남위원은 아내의 눈 흘김이 웃음을 깨물게 하였다. 주지스님은 자신을 대신하여 이런 대접을 바랐는지 몰랐다. 풀피리 시인은 자기 앞으로 돌아오는 막사발을 흐뭇하게 받아 들었다. 이보다 마음 풍족한 대접이 어디 있겠는가. 더구나 자기가 마신 술잔을 고이 품에 지니고 가는 법이라고? 허허, 이 좋은 것을. 왕방의 넉넉함에 술잔이 가벼웠다. 동동주와 손두부가 잘 어울렸다.

스님께서는 언제 날 받아 작품 몇 점 쳐 주십시오. 그거라면 부담될 게 없지. 그렇잖아도 막사발 몇 점 주문하려던 참이야.

왕방은 술이 떨어지자 손수 동동주를 받아 왔다. 그리고 가마에서 나온 숯에 불을 일구더니 삼겹살을 올려놓았다. 술이 다하자 입가심으로 차를 들고, 술 사발로 사용하였던 막사발을 선물로 안겨 주었다. 절에 들러 선화 한 점씩을 지니고 부산으로 향하였다. 오늘은 생각지도 않은 새해 선물을 받았어요. 가만있어요. 또 선물 보따리가 기다리고 있잖아요. 안교장은 풀피리 시인의 마음을 달뜨게 하였다. 부산에 들어서기가 무섭게 범어사를 돌아보고 무형의 공방에 들어섰다. 무형은 혼자 차를 들다 말고 반겨 맞았다. 무형은 지난번 장난기를 발동한 자기들을 내놓았다. 삐뚤거리고 격에 어울리지 않는 글씨들이 선명하게 새겨져 있었다.

*

설날. 다들 고향을 찾았다. 이선생은 일찌감치 어머니 곁으로 내려갔고, 남위원도 고향을 찾기로 하였다. 고향은 귀성객들로 활기에 넘쳤다. 아이고 어른이고 집집마다 웃음꽃을 피우고 있었다. 헌데, 부딪치는 얼굴들이 낯설기만 하였다. 젊은 이들을 붙잡고 누구네 집 자식이냐고 물을 수도 없었고 그저 멀뚱히, 아니면 목례로 지나치는 얼굴들을 바라보며 새삼 세월의 간극을 잘근 깨물었다. 아그야, 인사해라. 저 아래 원뚝머리 여실댁 큰아들 아니냐. 오, 참. 니는 잘 모르것다이. 인자,

자네도 머리 허옇고 나도 허리 휘어진께 반갑게 맞아줄 사람도 없네. 고향의 지킴이 노릇을 한 노인네들이 그나마 반기는 데서 고향의 온기를 실감하였다.

　어이, 동생. 고향에 내려왔다매? 이리 안 오고 뭣 한가. 한사장도 여기 와 있네. 김선장도 곧 오기로 하였고. 어서 오게. 선배의 반김이 사막의 오아시스처럼 신선하게 심금을 울렸다. 선배집도 아들딸 손자들로 북적거리기는 마찬가지였다. 지난 봄 결혼식을 올린 둘째 며느리는 아랫배가 제법 불러 있었다. 한사장은 이미 낮술에 익어 있었다. 아이들은 윗마을 어른들에게 세배하러 나가고, 지척에서 방파제를 아우르는 파도소리가 봄을 일깨웠다. 자네는 무슨 걸음을 하였는가? 설 쇠면 봄기운이 돌고, 곧바로 청명한식 아닌가. 더 늦기 전에 조상들 묘역을 정비하려고 의논차 내려왔네. 자네들 선산도 마찬가지겠지만, 사방에 흩어져 벌초를 하재도 얼마나 난감한가. 잡목이 우거져 숫제 한겨울이 되어야만 벌초를 할 수 있는 묘지도 있고 보니 한곳으로 모아야 되겠네.

　한사장은 사뭇 의지가 남달랐다. 남위원도 그러한 현실을 피부로 느끼는 터였다. 당연히 그렇게 해야겠지. 우리마저 늙고 병들어 죽고 나면 벌초할 사람도 없을 것이다. 도시에서 나고 자란 애들이야 부모가 나고 자란 고향 따위는 관심 밖이고, 조상들의 묘가 어디 있는지 알기나 하겠는가. 현실이 그렇기는 한데, 다들 차가 드나들 수 있는 곳에다 조상들의 넋을 모아 놓는 그게 꼭 좋은 일인지 모르겠네. 남위원도 새벽같이 일어나 언 땅을 밟으며 이 산 저 산 순례하듯 선조들의 묘지를 찾아다니며 세배를 드렸다. 나뭇가지에 할퀴고 길을 몰라 등허리에 식은땀을 흘렸다. 길옆 교통이 편리한 곳에 얼굴 맞대듯 모아 놓으면 그런 불편은 없을 것이다. 시대가 바라는 순리를 따라야 하네. 아무리 좋은 명당이면 무엇 하겠는가. 자손들의 발길이 끊어지면 가시덤불 속에 흔적도 없이 묵혀져 버리지. 한사장은 조금은 질책에 가까운 음색이 깃들어 있었다. 김선장이 간밤에 마신 술기운을 달고 나타났다.

아따, 벌써들 술판이 무르익었구랴. 남위원은 이제 철이 든건가? 아니면 백수의 걸음인가. 설이랍시고 불쑥 내려오고 말이야. 산소가 있지 않은가. 새롭게 가슴을 여미고 조상이라도 찾아야지. 남위원은 흔연한 얼굴로 술을 들었다. 가슴을 열어 놓으며 술을 마시고 있는데, 낮도깨비 형상을 한 고향 선배들과 친구들이 귀동냥으로 찾아들었다. 비로소 고향에 내려온 것을 실감하였다. 누가 제안한 것도 아닌데 부둣가에 멍석이 펼쳐지고 윷판이 벌어졌다. 선배, 남위원, 한사장, 김선장이 자연스레 한편이 되었다.

객지물 묵은 저것들 호주머니를 홀랑 털어사 써. 누가 할 소리. 노잣돈이나 두둑이 울궈 가야지. 엎어지고 뒤집어지는 윷판 못지않게 설전을 앵겨 가며 시간을 놓아 버렸다. 첫 모 방정에 새까먹어 버렸네. 아무렴. 첫 모가 나오면 실속이 없느니.

116

단동불출 아닌가. 이 판은 죽 쒔어. 삼세판이라고 첫 도가 나오는 걸 보니 이번에는 실속이 있겠네. 모와 윷이 나올 때마다 무릎 치는 소리에 꼬맹이들과 아낙네들이며 허리 구부정한 노인네들까지 합세하며 추임새를 놓았다. 말을 잘못 쓴다느니, 두동을 먼저 내야 한다느니 열을 올렸다.

윷놀이의 유래나 기원에 대해서는 몇 가지 설이 있느니. 가장 먼저 떠오르는 것은 부여족 시대에 다섯 가지 가축을 다섯 마을에 나누어 주고 그 가축들을 경쟁적으로 번식시킬 목적에서 비롯되었다고 하덜 않던가. 그에 연유해서 도는 돼지(豚), 개는 개(犬), 걸은 양(羊), 윷은 소(牛), 모는 말(馬)에 비유하였어. 가축은 지금도 그렇지만 고대인에게 큰 재산이었고, 가축이 많고 적음에 따라 마가(馬氏), 소가(牛氏)라는 성씨까지 가지게 되었응께. 일상생활에서도 가장 친밀한 짐승으로, 그 가축의 이름과 함께 몸의 크기와 걸음의 속도를 윷놀이에 이용하였구만. 돼지보다는 개가, 개보다는 양이, 양보다는 소가, 소보다는 말이 더 크고 걸음의 속도도 빠르지 않는가. 말이 한 발자국 뛰는 거리는 돼지의 다섯 발자국 뛰는 정도의 거리가 되므로 끗수를 정한 것이여.

자, 자, 이 판으로 승부를 결정하드라고. 어따, 저 사람들 열 받았구만. 이 친구들 모처럼 고향에 내려왔응께 노잣돈 준 셈쳐. 그 말 마시오. 확실하게 승부를 내야제. 단동치기로 할까? 이 사람들아, 노름판도 아니고 어디까지나 친선놀음인디, 그렇게 야박하게 놀아서야 쓰것는가. 네동치기로 근사하게 장식혀. 노인네들의 중재로 윷가락이 이쪽저쪽 경계선을 넘나들고, 왁자하게 오가는 응원 속에서 한숨이 교차하였다. 지랄맞게 안 나오네. 아, 이렇게 급할 때 도가 뭔가, 도가. 도가 살림 밑천이라며? 그거사, 처음 말이제. 지금이 어느 때인가. 장판교 위에서 장비가 떠억 하니 버티고 있는 판에 모나 윷이 나와 장판교를 뛰어넘어야 할 것 아니여. 어쩌겠는가. 오합지졸로 더디기만 한다. 까짓것, 석동으로 업어 뽑소. 죽든지, 살든지. 절망은 금물이여. 첫걸음에 돼지가 나왔응께 걸음은 더딜망정 대박을 줄 것이여.

석동 업은 윷말이 출구로 나올 무렵 그제서야 모랄 놈이 건바람 불듯 멍석 위에 쫙 엎드렸다. 아따, 그 놈의 모가 애간장도 녹여쌌더니만 뒤늦게 생색을 내네. 꽃피는 시절에는 고신고신해도 된서리 내릴 적에는 운발이 서겄어. 허허, 어르신께서 한 해 운수까지 점쳐 주시고, 이 기분으로 돼지 한 마리 잡더라고. 김선장은 제 흥에 겨워 어깨춤을 추듯 쏴아하니 인심 한번 쓰자 하였다. 암만. 윷놀이로 딴 돈 위에 몇 푼 얹어 보태면 누이 좋고 매부 좋제. 자네 집 중돼지가 마침 맛이 올랐든디. 윷판에 내버린 돈 다시 회수한 셈 치고 잡세나. 쬐끔 아까운디, 중론이 그렇다면 할 수 없지라우. 바닷바람에 그을린 동창녀석이 타이탄트럭을 몰고 가더니 돼지를 실어 왔다. 노인네 말처럼 윤기가 번지르르 하였다. 이곳은 청정해역인지라

그놈의 몹쓸 구제역이 범접을 못하였다.

돼지 오줌보로 축구공을 만들어 얼음판 위에서 신나게 차고 놀았지. 한사장은 어린 시절을 떠올렸다. 설날이나 정월대보름날 돼지를 잡으면 마을잔치 기분이 불씬 났다. 온 동네 사람들이 짓을 나누었기 때문이었다. 아이들에게 가장 신나는 일은 돼지 오줌보였다. 묵계되다시피 조무래기들 차지였는데, 아직 미지근한 온기가 가시지 않은 오줌보에 차례로 입김을 불어넣어 빵빵하게 부풀린 다음 얼음판 위에서 편을 갈라 축구시합을 하였다. 눈보라를 동반한 북풍한설이 몰아치기라도 할라치면 가벼움을 이기지 못하여 공중 높이로 날아다니기도 하였으나, 미끄러지고 자빠지고 서로 부둥켜안고 드잽이를 하듯 나뒹굴면서 상대의 골문을 위협하였다. 구멍이 뚫려 바람이라도 빠질라치면 마른 풀을 잔뜩 집어넣어 축구공을 되살렸다.

그런 원시적인 낭만이 사라진 지 오래야. 생각하면 원시적이랄 수 있는 그런 놀이들이 친환경적이야. 무공해가 따로 없었응께. 그려. 설명절도 점점 겉치레적인 요식행위로 흘러가고. 솔직히 말해서 명절 때마다 고향을 찾는 젊은이들 보게. 일종의 자기과시 내지 생색 아닌감. 올해만 봐도 삐까뻔쩍 자가용 타고 설 쇠러 온 자식들이 몇이나 되는겨. 불경기랍시고 영 숫자가 줄었지 않았는가. 그럴수록 고향을 찾아야 쓰는디, 면목 없고 자존심 상할까 봐 낯짝들을 내보이지 않는 거여. 그런 자식들일수록 선산 뒤꼭지나 팔아묵을 생각만 한다고. 허긴, 작년만 해도 누구네 자식들 검은 세단을 몰고와설랑 잔뜩 폼을 내보이더니만 올해는 코빼기나 보이는가.

그거사, 가만히 앉아서도 귀밝기 뉘우스가 얼마나 빠른가. 사람은 자고로 정직혀야 쓰는디, 기웃기웃 사기나 치면서 거드름을 피워 봤자제. 암만. 허리띠 졸라매도 정직해야 써. 요즘 시상이 얼마나 맑고 밝은가. 명경지수제. 그렇다고 한 두름으로 다 싸잡아 말해서는 안 되제. 저마다 각양각색으로 사정들이 있는 법인께. 자네 아들이사 명절 때가 아니더라도 계절마다 다녀가지 않는가. 개중에는 순수하게 고향을 챙기고 부모를 걱정하느니.

삼겹살이 익고, 술잔이 오고가는 가운데 정말 설 맛이 났다. 허허, 볼 것 없이 동네잔치네. 이장더러 대형스피커에다 대고 선창가로 다들 나오라고 하게. 아따, 명절 뒤끝인디 부녀자들이 아장거리며 나오겠는가. 먹고 남은 괴기는 자네들이 싸들고 가면 되는겨. 고향에 내려왔다가 빈손으로 가기도 뭣할 것이고. 노인네들은 세 사람 몫을 따로 남겼다. 세 사람은 바닷물이 들어와 선창이 잠길 즈음 어지간히 술판이 파하자 자리에서 일어났다. 섬을 한 바퀴 순례하듯 김선장과 한사장의 집에 들러 인사를 올리고 귀갓길에 올랐다. 김선장의 제수씨가 된 간호사는 밝은 얼굴로 안교장과 이선생에게 별도로 정성스레 선물을 싸 주었다. 아랫배가 봉싯한 임산부의 모습이었다.

*

　자네 처가동네에서 하룻밤 묵고 가세. 연륙교를 건너뛰자 남위원은 한사장을 돌아보며 느닷없이 제안하였다. 한사장은 어리둥절, 난감한 표정을 지었다. 돼지고기를 싸 짊어지고 가지 않는가. 텅 빈 빈집에서 우리끼리 아궁이에 불 때고 하룻밤 지새는 것도 좋지 않겠는가. 보나마나 이 시각 고속도로는 꽉 막혔을 것이고. 김선장의 맞장구에 한사장은 도리 없이 처가동네 쪽으로 방향을 정하였다. 차는 막힘 없이 시원스럽게 달렸다. 목적지에 도착하자 김선장은 모처럼 해방감을 맛본다는 듯 노모가 안겨 준 삼지구엽초 술을 안고 차에서 내렸다. 명절 뒤끝답게 마을이 썰렁하네. 다들 서둘러 바삐바삐 귀경길에 올랐겠지. 한사장은 헤픈 여자 입 벌리듯 비죽이 열린 낡고 바랜 대문을 밀고 처갓집에 들어섰다. 폐가나 다름없었다. 딸자식들은 그렇다 치고, 하나 있는 처남마저도 오지 않았는가 보았다.

　사람 하나 없다고 집안이 귀신 나오겠네. 그래도 안방은 몸을 뉘일 만하네. 장롱에 이부자리도 여전하고. 김선장은 걸레질을 하며 부지런을 떨었다. 한사장은 마룻장 밑에 쌓아 둔 장작개비를 날라 와 아궁이에 불을 지폈다. 남위원도 덩달아 마루를 훔쳤다. 사람의 훈김이 얼마나 소중한 것인지 새삼 느꼈다. 서까래가 내려앉고 방안 구석구석 곰팡내가 나는 것도 사람의 훈김이 증발된 때문이리라. 거, 숯불 좀 꺼내 봐. 돼지 숯불구이 하게. 자네가 뭔 일로 그렇게 기분이 알싸한가 모르겠네. 학창시절 방학 때 집에 내려가 한식이네 돼지서리 생각 안 나는가? 그때 그 기분이네.

여드름이 빼꼼한 사춘기 시절, 닭서리 하느니 간 크게 돼지서리를 하기로 하였다. 장시간 모의 끝에 가늘고 튼실한 노끈을 차고 눈 내리는 깊은 밤 집을 나섰다. 인기척을 들은 어린 돼지랄 놈이 꿀꿀거리며 다가왔다. 준비해 온 설탕에 절인 군고구마를 던져 주고 번개같이 목줄기를 홀치기로 낚아채어 어깨에 둘러맸다. 김선장의 등허리에서 몇 번 바둥거리더니 소리 한 번 내지르지 못하고 축 늘어졌다. 눈보라는 사건현장의 발자취를 묻어 버렸다. 숨 가쁘게 농식 형을 깨웠다. 이것이 뭐시라냐? 농식은 잠에서 깨어나 두릿한 표정을 지었다. 똥돼지를 서리해 왔어요. 어서 쇠죽솥에 삶아 장만 좀 해 줘요. 워따, 이것들이 간 큰 짓거리를 했구랴. 닭서리 정도는 몰라도 돼지서리는 근본적으로 그 성격이 다르지 않냐. 누구네 것이여? 묻지 말고 어서 장만하란 말이오. 농식이 형만 믿고 돼지서리를 해 왔응께. 나까지 연루되면 안 되는디. 농식은 우거지상을 지으며 마지못해 쇠죽솥에 불을 지피고, 애돼지를 펄펄 끓는 물에 튀겨 털을 제거한 다음 숯불에 구울 것은 굽고, 쇠죽솥에 삶을 것은 삶았다.

그런데 배불리 고기를 먹을수록 두려움이 덮쳐눌렀다. 남은 괴기는 어쩔 것이여? 농식이 형이 항아리에 담아 땅속에 묻어 두어요. 두고두고 간식거리를 하게요. 하여간 산적들이 따로 없구나. 얼마나 괴기가 묵고 싶었으면 간 큰 짓거리를 했을까이. 농식은 시종 혀를 내둘렀다. 겨울 긴긴밤 참새잡이야, 닭서리 정도는 해 봤으나 돼지서리는 언감생심 생각지도 못하였다. 그나저나 내일 날이 밝으면 온 동네가 발칵 뒤집힐 것인디 온전히 감당하것냐? 농식의 예견은 맞아떨어졌다. 건넛마을 한식이네 집에서 돼지가 없어졌다고 외장을 치고 다녔다. 야, 우리 튀자. 겁이 많은 한사장의 제안에 남위원의 자취방으로 피신하였는데 열흘 뒤에 범인이 밝혀졌다. 한식이네 아범의 끈질긴 추적 끝에 수문통에 내다 버린 돼지털이 단서가 된 것이다. 농식은 죽살맞게 곤욕을 치렀다. 결국 세 사람이 자백하기에 이르렀고, 그해 봄 보리타작 마당에서 돼지 값을 곱빼기로 물어 주었다.

난, 아직도 그때 등허리에서 느꼈던 돼지 온기를 지울 수 없어. 그해 우리는 고향에 발도 들여놓지 못하였지. 덕분에 맹렬히 공부에 매달렸고. 한사장 너는 공부보다 연애 거느라 정신이 없었지. 지금 마누라를 그때 점찍었지, 아마. 연애편지는 남위원이 제일이었지. 남위원에게 대필을 의뢰한 덕분에 점수를 후하게 땄지. 그걸 이제야 고백하는 거야? 그때야 자칫 빼앗길까 봐 조마조마했지. 세월이 금방이야. 그런 추억들이 엊그제

같은데 세월 속에 묻혀 버렸어. 남위원, 오늘밤 한번 자 봐. 땅 기운이 어떤지. 지기(地氣)가 맞아야 주인이 되는 거야.

김선장은 이곳에서 하룻밤 묵고 싶어 하는 남위원의 속내를 훤히 알고 있다는 듯 풍수지리학적 수식으로 말하였다. 김선장도 부모님들이 일구고 누렸던 고향집으로 내려가고 싶었다. 언젠가 자식들에게 설핏 그 말을 흘렸더니 고향이 뭐 그리 중요하냐고 회의적이었다. 나이 들어 죽으러 가는 것도 아니고, 시골생활을 하자면 노후가 더 쓸쓸하고 외롭지 않겠느냐는 것이었다. 딴은 그 말도 일리가 있음 직하여 말문을 닫았지만 자식들과의 거리감이랄까, 사고의 틀이 그만큼 틈새가 있었다. 그 위에 마누라까지 가세하였다. 명절 때나 한 번씩 고향에 내려가는 것은 몰라도 늘그막에 허리 휘어지게 살고 싶지 않다는 것이었다.

방 한번 뜨끈하다. 오랜만에 온돌방에서 엉덩이를 지지게 생겼구나. 세 사람은 단잠에 들었다. 전혀 낯선 곳에서 고향의 품안에 안기듯 하룻밤을 지새웠다. 한사장은 오랜만에 처갓집에서 한밤을 지새웠다. 새벽녘, 수탉이 홰를 치는데도 세 사람은 이불을 둘러쓰고서 일어날 기미를 보이지 않았다. 아침 햇살이 문지방을 비출 때서야 자리에서 일어나 주위를 둘러보았다. 듬성듬성 빈집이 눈에 띄었다. 점점 퇴락해 가는 시골 전경이었다.

어때? 지기를 온전히 누렸어? 양돈장이 이제 보니 집터로는 명당자리야. 더구나 복돼지들이 다져 놓았잖은가. 김선장은 눈을 가늘게 뜨고서 풍수지리를 익힌 눈썰미로 다시금 양돈장을 가늠해 보았다. 자네 말이 맞네. 남위원은 머리를 끄덕였다. 반풍수 집안 망친다고 하였네. 한사장은 차 시동을 걸며 장인 묏자리 잡아 준 것은 까맣게 잊은 채 비아냥거리듯 말하였다. 이 친구가 나를 우습게 보는군. 나도 이번에 고향에 내려가 나 자신을 다시금 돌아보았네. 누구나 고향을 찾게 되면 다가오는 감정 아니겠는가. 그리고 번잡한 도시에 묻히게 되면 깡그리 망각하고 말이야. 우리도 어느 사이에 도시의 혼탁한 생리에 젖어 버렸어. 헌데도 늘 고향의 흙냄새가 가슴에 배어나지 않던가. 남위원은 쥐엄쥐엄 대화를 나누다가 잠이 들었다. 아직도 구들장에서 지진 엉덩짝에 온기가 남아서일까, 김선장도 남위원의 어깨에 머리를 기댄 채 코를 골았다.

*

제비가 처마 밑에 집을 짓는 꿈을 꾸었어요. 꿈속의 시골 그 집이 너무나 생생해요. 봄이 돌아오기 때문인가? 남위원은 아내의 말에 건성으로 대답하였다. 요즘도 시골에 제비가 날아들고 처마 밑에 집을 짓고 새끼를 기를 것이다. 당신, 경매 받은 땅 구경 좀 해요. 웬일로 갑자기? 남위원은 아내의 느닷없는 말에 반문하지 않을 수 없었다. 처음부터 전혀 관심 밖이지 않았는가. 이제 조용한 곳을 찾을 때가 되었어요. 점점 모를 소리를 하는군. 당신이 바라는 바가 아닌가요? 저도 생각이 있어 아파트를 내놓았어요. 시골 그곳에 가 봐요. 남위원은 아내의 말을 좇아 오랜만에 부부동반 나들이쯤으로 받아들였다. 한사장의 처가동네로 향하였다. 아내는 마을 입구에 들어서자 탄성을 질렀다. 남위원은 정지작업을 한 양돈장 앞에 차를 세웠다. 당신이 제대로 봤어요. 여기면 됐어요. 금방 그림이 그려져요. 이보다 더 좋은 곳은 없지 싶어요. 아내는 단정적으로 단안을 내렸다. 남위원 쪽에서 어리둥절해하였다. 갑작스러운 아내의 변화라니……

어디를 부부동반 다녀오셨어요. 한걸음에 화실로 오세요. 강시인의 재촉에 이명에서 깨어나듯 김화백의 화실에 들어섰다. 이선생, 안교장, 이수학, 풀피리 시인, 문선생이 석탄난롯가에 앉아 한담을 나누고 있었다. 이선생이 어머니 곁으로 간다는군요.

가슴 저릿한 뉴스네. 언제 가는 거요? 그보다 남위원은 어찌할 거요? 듣자니 아파트를 내놓았다는데. 소식통 한번 빠르네. 무엇하면 안락한 동네를 떠나지 않는 방향으로 해요. 여기서 뿌리를 내린 지 몇십 년이오. 제가 웅숭깊은 사람들을 찾아 이곳에 오니까 무슨 억하심정으로 다들 떠나려 하는 거요? 강시인도 원동에다 땅을 장만하였고. 김화백은 강한 불만을 내비쳤다. 강시인도 노후대책의 하나로 집터를 잡았으니 머지않

126

아 떠날 것 아닌가.

　운명이 가자는 곳은 아무도 몰라요. 강시인의 용단은 의외인데요. 남위원은 김화백의 말을 들으며 문득 어렸을 때 통시에서 두 눈을 반짝이며 서까래를 타고 오르내리던 통시쥐와 쌀뒤주가 있는 마룻방에서 소란을 떨던 마루쥐를 떠올렸다. 거리래야 기껏 열 마장도 되지 않는데 평생 그 자리를 떠나지 않고 둥지를 틀었다. 사람도 옛날에는 한 곳에 붙박이면 그곳을 떠나지 않았다. 그게 고향이라는 이름으로 각인되고 인식되었다. 모두가 울적한 기분으로 헤어졌다. 아내가 상기된 얼굴로 남위원을 맞았다.

　아파트가 나갔어요. 벌써? 예상보다 빨리 임자가 나섰네. 남위원은 취기에서 파르라니 깨어났다. 예상 밖의 기습이었다. 저도 놀랐어요. 매기가 영 없잖아요. 급하게 생겼어요. 서둘러 집을 지어야겠어요. 집을 하루아침에 짓는 건가? 설마하고 있었는데……. 남위원은 새삼 언젠가 꿈속에서 보았던 돼지궁둥이를 한 백발노인을 떠올렸다. 이번 기회에 자연과 벗하며 살아요. 이미 당신 마음이 그곳에 가 있지 않는가요? 도시에서 나고 자란 당신이 적응하기가 어려울 텐데…….

　도시는 한정된 공간 속에서 인간의 마음을 자꾸만 왜소하게 만들어요. 요즈음 들어 아파트 광장 벤치에 할 일 없이 처량한 모습으로 앉아 있는 노인네들을 새삼스러운 눈으로 바라보았다. 문득 우리들의 모습이 클로즈업되었다. 머지않아

저 나이가 되면 도리 없이 저 모습 아니겠는가. 마음을 비우고 자연과 더불어 살아야겠다고 마음먹었다.

내일부터라도 집을 짓기로 해요. 아내는 의외로 적극적이었다. 마음 결정을 확실하게 한 것 같았다. 남위원은 우선 한사장에게 전화를 하였다. 나로서는 자네가 그곳에 집을 짓겠다니 마음 든든하네. 그래서 처가동네를 찾을 것이고. 어쩌면 그곳이야말로 가장 편안하고 안락한 동네인지도 모르겠네. 집 짓는 일은 아무래도 이장과 상의하는 게 좋겠어. 한사장은 전화를 끊으면서, 이사라는 것도 사람의 마음작용 외에 그 무엇이 이끄는 힘이 있는 거라고 생각을 모두었다. 그렇지 않고서야 남위원의 용기 있는 귀촌이 가능한 일인가. 낯설게 다가오는 것은 항상 새로운 동경과 모험심을 안겨 주었다. 낯섬은 곧바로 친숙함을 가져오는 본능의 무엇이기도 하다. 동물도 새로운 환경을 대하면 낯설어하다가도 이내 주위의 환경에 적응하며 둥지를 틀기 마련이었다.

남위원은 마지막 아파트 잔금을 받는 날 이삿짐을 꾸렸다. 이러저러한 잔해들을 떠올릴 여유가 없었다. 이삿짐을 다 꾸리고 나서 안락한 동네에서 맺어진 벗들이 기다리고 있는 김화백의 화실에 들어섰다. 다들 갑작스럽게 이사를 단행하는 남위원을 어리둥절한 마음으로 바라보았다. 정말 믿어지지가 않아요. 어쩌면 그렇게 재바르게 떠날 수 있어요. 더구나 안방마님의 용기가 대단합니다. 강시인이 운을 떼자 모두가 섭섭한 말들을 한마디씩 하였다. 잃어버린 도원을 찾아가듯 땅의 훈김을 제대로 누리고 싶어서요. 그리고 자연과 더불어 누릴 수 있는 당신들의 안락한 휴식공간을 마련하였다고 생각하면 마음 넉넉할 거요. 남위원은 어디까지나 영원한 헤어짐이 아니라고 생각하였다. 안락한 동네에서 알뜰히 우정을 키워 온 그들이야말로 어디를 가든 소중하고 보배로운 존재들이었다. 자, 술잔 듭시다. 새로운 출발, 안락한 경계를 위하여.

안교장이 술잔을 높이 들었다. 술상 위에는 삼겹살이 산골 다랭이 계단식 밭의 형상으로 익어 가고 있었다.

해설

고향으로 가는 길
―정형남의 『삼겹살』론

구모룡(문학평론가)

1. 귀환의 의미

내가 아는 소설가 정형남은 돼지고기를 먹지 못한다. 그가 삼겹살을 주요한 서술 고리로 삼으면서 돼지의 상징성을 부각한 소설을 썼다. 장편소설 『삼겹살』. 소설의 표제가 벌써 우리를 이끈다. 전체 8장(chapter)으로 구성된 이 소설에서 삼겹살과 돼지 이야기가 등장하지 않는 곳은 없다. 먼저 제1장 「꽃이 피니 봄이로구나」의 첫머리, 고향의 잔치마당에 등장하는 삼겹살을 들 수 있다. 여기서 삼겹살은 축일의 음식일뿐더러 고향의 "산골 다랭이 계단식 논밭"을 은유하는 것으로 의미가 확장된다. 삼겹살이 향수의 매개가 됨을 일찌감치 시사하고 있는 것이다. 실제작가의 모습이 겹쳐진 주인공 '남위원'의 아버지와 어머니가 묻힌 곳도 고향의 다랭이 밭이다. 고향을 떠나 도시에 사는 그는 삼겹살을 나눌 때 자주 고향을 떠올린다. "술상 위에는 삼겹살이 산골 다랭이 계단식 밭의 형상으로 익어 가고 있었다." 이 소설의 제8장 「떠난 자와 남는 자」의 마지막 구절이다. 이처럼 삼겹살은 우애, 환대, 배려의 공동체를 매개한다. 이는 함께 돼지를 잡고 그것을 삶고 구우면서 술을 나누고 취흥에 하나가 되는 축제와 친교의 전통과 연관된다.

돼지는 고래로 희생과 축복, 미천함과 신성함을 두루 의미한다. 잔치나 동제에 희생제물이 되지만 길지와 풍요를 예고하는 사자(使者)의 역할도 한다. 때론 탐욕의 표상으로 그려지기도 하나 자주 만복의 근원으로 예찬된다. '한사장'의 장인이 "돼지에 대한 남다른 애착"을 가진 것도 그것이 신물(神物)의 상징이기 때문이다. 이 소설에서 '한사장' 장인의 죽음과 그가 남긴 양돈장 터를 주인공이 택지로 정지하여 이주하게 되는 것은 스토리 라인의 주축이다. 하지만 소설이 새로운 터전으로 이주하기까지의 주인공의 내면적 갈등을 주된 화제로 삼는 것은 아니다. 주인공 '남위원' 또한 거듭되는 향수와 돼지의 환영을 동시에 겪으면서 "뿌리"라 할 수 있는 고향이 아니라 고향과 그리 멀지 않은 새 터전을 선택하게 된다. 윷놀이의 도, 개, 걸, 윷, 모에서 도는 한자 저(豬)의 고음이다. 여기서 돼지는 시작, 첫걸음을 뜻한다. 돼지꿈과 함께 주인공이 귀환을 결정하는 것은 길지와 풍요의 기대에 그치지 않고 새로운 시작이라는 의미를 함축한다.

이 소설의 주인공에게 고향은 양가적인 의미로 다가온다. 행복감과 상실감. 노스탤지어는 그것이 지닌 순수함에서 동일성의 거처가 된다. 그렇지만 이러한 동일성이 구체적 삶의 진실을 대변하는 것은 아니다. 때론 유년의 고향은 가난과 고통을 의미하기도 한다. 좌우 이데올로기의 대결장이 되면서 아버지를 "전쟁의 희생양"으로 잃게 된 주인공(혹은 실제작가)에게 고향은 지울 수 없는 정신적 외상(트라우마)의 거처이다.

어쨌거나, 그렇게 비유할 만큼 우리의 마음이 부유해졌어. 남위원은 아스라이 어머니의 웃음소리를 들었다. 그리고 그 웃음소리는 무릎을 치며 한바탕 윷판을 뒤엎는 환호성 너머 파도 위에서 꽃잎처럼 무동을 탔다. 술잔 속에 비치는 어머니의 웃음 진 얼굴에서 이제는 도리 없이 묵혀진 다랭이 자갈밭들이 눈앞에 다가왔다. 그 맨 위쪽 큰애기 엉덩짝만 한 다랭이 밭에 아버지의 혼백과 함께 어머니를 모셨다. 아들아, 내가 죽거들랑 졸망졸망 묵혀진 옹챙이 밭을 묘지로 쓰거라. 장차 너도 내 묘지 밑으로 오고. 그렇게 대대로 뼈를 묻자꾸나.

주인공에게 고향은 "어머니의 웃음소리"가 들리는 모성의 장소이기도 하지만 아버지 상실로 대변되는 폭력의 기억이 배어 있는 공간이기도 하다. 이러한 양가성으로 인하여 소설 속에서 고향은 주인공이 직행하는 목적지가 못 된다. 제1장과 더불어 고향의 표정이 잘 그려져 있는 것은 제7장 「가깝고도 먼 빛」이다. 여기서 고향은 "가깝고도 먼 빛으로 채색된" 배회의 공간이서나 우회하는 가운데 경유하는 곳이다. 궁극적인 귀향은 끝없이 지연된다. 삼겹살을 닮은 "다랭이 밭"이냐, 돼지꿈이 깃든 양돈장 터냐? 주인공은 선산이 있는 고원(故園)을 택하지 않는다. 그는 고향으로 가는 길 위에 있다. 귀향의 완성을 말하기보다 귀환의 드라마를 연출한다. "태어난 고향이 오히려 부담스럽고 낯설게 다가올 것도 같고, 이곳에 뿌리를 내린 만큼 훌훌 털어버리고 떠나기도 무엇하고 말이오." '남위원'의 생각이 잘 드러난 대목인데 이는 또한 작가가 품고 있는 생각의 표백이다.

2. 우애의 공동체

정형남의 『삼겹살』은 자전적인 경향을 지녔다. 고향을 떠나 부산으로 이주하여 살아온 작가의 평생 이야기를 전하고 있다. 그의 고향은 조약도다. 조약도. 소설 속에서 작가는 이 섬을 "알"에 비유하며 "용화세계를 바라는 진인의 출현도 남쪽 바다에서 나온다"는 "남 사상"과 접목하기도 한다. 아래로 다도해 해상국립공원을 인접한, 완도 옆의 작은 섬. 신지도, 고금도, 평일도, 생일도 등의 섬이 올망졸망 둘러싸고 있으니 섬 속의 섬이다. 위로 보성만이 장흥과 고흥반도를 끼고 펼쳐진다. 지금 작가가 사는 곳은 보성만이 멀리 내려다보이는 한적한 시골이다. 오랜 동안 부산 안락동(소설 속의 "안락한 동네")에서 살다 고향 근방으로 귀환하였다. 이 소설의 중심은 단연 일가를 이루면서 근래까지 살았던 부산 이야기이다. 고향에서의 이주 과정이나 시골로의 귀환 과정은 요약되어 있다. 그럼에도 이주와 귀환은 대단히 중요한 모티프다. 이 소설의 의도가 귀환이라는 새로운 삶의 출발에 의미를 부여하는 데 있기 때문이다.

삼겹살을 삼가는 작가가 돼지와 삼겹살을 중요한 서사적 장치로 차용한 것은 일종의 서술 전략이라 할 수 있다. 이는 『삼겹살』을 '소설'이 되게 하는 일과 연관된다. 사실 이러한 장치의 힘이 없다면 『삼겹살』은 사적인 경험적 진술에 그칠 공산이 크다. 더불어 작가의 분신이라고 할 수 있는 주인공 '남위원'을 소설가로 설정하지 않은 것도 이 소설의 서사성을 강화하는 데 기여한다. 소설의 주인공 '남위원'은 노동운동을 하다 실직한 뒤 일정하게 신문에 글을 기고하는 지식인이다. 지식인 화자의 신뢰성 있는 목소리를 포개어 작가는 사소설을 탈피하려 한다. 실제작가와 동일한 인물을 설정하지 않고 작가에 의해 윤색된 좌절한 지식인으로 배치함으로써 이 소설이 작가가 경험한 사건들의 잡다한 나열이 아니라 일정한 의미를 가진 서술체임을 내세우려는 것이다. 이는 주인공의 서술 위치를 통해 경험적 사실과 의도된 서술 사이의 미적 거리를 만드는 일에 다름없다. 소설 속의 이야기가 경험적인 사실이기 때문에 도입될 수밖에 없는 장치이다. 그만큼 이 소설은 경험적 사실에 근거하고 있다.

이 소설에 등장하는 대부분의 인물들은 소설의 외부인 현실 속 인물과 일치한다. "안락한 동네"에서 작가와 같이 사는 사람들과 이들과 함께 만나는 문화예술인들이 한 부류이고, 작가의 동향인들이 또 다른 부류이다. 그런데 이들은 모두 주인물인 '남위원'을 매개로 소통하고 교류한다. 남위원, 안교장, 강시인, 이선생 등 "안락한 동네"(안락동)에 사는 사람들과 그 주위의 사람들—풀피리 시인, 박서예가, 김동화, 김화백, 이수학, 왕방, 무형 등은 주로 문화 예술계에 종사하는 사람들이다. 이들은 대부분 예술가들이다. 문인, 화가, 서예가, 도예가인 이들과 다른 부류의 인물들은 한사장과 김선장 등 작가의 동향인들이다. '남위원'을 매개하거나 서로의 사적 관계 확장에 의하여 이들 두 부류의 인물들은 친밀한 유대를 형성하며 단순한 연고주의를 넘어 우애의 공동체를 형성하고 있다. 환대와 배려가 몸에 밴 이들에게서 인정(認定)을 둘러싼 질시와 갈등을 찾기 어렵다. 스스로 "풍류객"을 자처하고 있듯이 인위가 아니라 자연, 필연이 아니라 우연을 중요하게 받아들인다. 그래서 이들의 만남은 매우 자연스럽다. 간혹 우리는 리얼리즘 소설에서 소설의 문법이 요구하는 필연이 부자연스러울 때를 경험한다. 정형남의 소설은 결코 우연을 필연으로 가공하지 않는다. 우연 또한 더 높은 차원에서 필연일 수 있다는 생각. 이 소설에서 많은 사람들은 우연히 만난다.

　주 인물인 '남위원'은 지식인이지만 경계인(marginal man)의 위치에 있다. 제도 속에 있지 않지만 그렇다고 제도와 완전한 절연을 수행하는 것도 아니다. 강시인이나 안교장 그리고 박서예가 등도 마찬가지의 입장이다. 시인이자 화가이며 서예가인 이들은 자본주의 세속 도시에 쉽게 영합하지 못한다. 외향성 소비지향의 추상도시 속에서 이들은 "강변의 갈대"(제3장 표제)를 벗 삼아 걷거나 자전거를 타고, 가끔 산행을 한다. 보행도시에 대한 꿈은 상실된 고향의식의 표출과 다를 바 없다. 그래서 늘 함께 어울려 이야기를 나누고 노래를 부르며 술을 나눈다. 이야기는 공동체를 형성하는 그물코이다. "누군가 그렇게 말머리를 꺼낼라치면 백 갈래 이야기들이 하나로 어우러져 바다를 이루었다. 솜씨 좋은 주인은 말하지 않아도 우리가 좋아하는 안주와 술을 내놓았다." 그래서 이들은 안락동 일대는 말할 것도 없고 동래와 서면에 이르기까지 네트워크를 만들어 우애의 공동체를 이룬다. 이들의 모임이나 만남이 단지 말 그대로의 우연일 수 없는 것은 이러한 네트워크가 있기 때문이다. 만남의 장소를 다른 집으로 옮기더라도 거기에 반가운 이들이 마치 기다리고 있었던 듯이 환대한다. 빠진 이들에게 연락을 하여 모임에 합류하게 하는 일은 필수다. 그런데 어떠한 공동체든 그 외부를 배제함으로써 성립하는 한계를 지니게 마련이다. 이는 이들 문화예술인들이 지닌 경계인 의식에서 뚜렷하다. 풍류를 모르는 현대인들에 대한 질타에서 시작하여 강단과 제도권 문화예술인들의 전횡을 비판하며 마침내 세상의 선 영역을 회의하는 데 이르러 이들이 만든 경계의 유연성은 협소해지고 만다. "예술가뿐인가. 정치가, 사업가, 하다못해 장사치에 이르기까지 자신의 지조를 적당히 팔아 가면서 자신의 존재양식을 망각하기 마련이지. 하지만 평가는 후대에 준엄하게 내려질 게야." 매우 지당한 말이지만 모든 비판은 먼저 자신을 향할 때 정당하다. 그렇지 않은 비판은 나르시시즘에 그칠 공산이 크다.

경계인들이 형성한 우애의 공동체는 아름답다. 그러나 그들만의 자족성에 갇힐 때 애써 만든 경계의 활력은 급격하게 소멸한다. "경계에서 꽃핀다"는 비유처럼 경계영역의 가치는 생성에 있다. 비록 현실의 제도와 자본과 권력이 이들을 경계로 밀어낸 것이라 하더라도 밀리면서 저항하는 욕동 속에서 신생의 가치가 피어나야 한다. 그렇지 않고 경계인의 회의주의를 풍류로 치환하는 것은 또 다른 곤경의 반복이라 할 수 있다. 그래서 "세월의 부침" 가운데 달라진 것이 무엇이겠는가, 라는 허무주의적 물음은 진정성이 약하다. 이념과 사상으로 육박하지 못하고 풍속의 트리비얼리즘에 매몰될 가능성이 높기 때문이다. 노스탤지어와 나르시시즘은 동전의 양면과 같다. 도처에서 확인되는 진한 향수야말로 경계인의 자기애와 다를 바

없다. 그렇기 때문에 이를 깨닫는 이일수록 더욱 근본적인 질문에 매달리지 않을 수 없는 것이다.

남위원은 한사장 처가마을 당산나무를 눈앞에 떠올렸다. 누대로 사람은 생사를 거듭하였으나, 당산나무는 뿌리를 굳건히 내리고서 흔연한 자태로 마을의 역사를 나이테 속에 간직하고 있었다. 그 점을 잘근 깨물게 되면, 이 시절의 혼돈은 질서가 무너진 탓도 있었다. 자유분방함 속에 엄연한 질서가 흐르는 시냇물처럼 자리해야 하는데, 방종과 타락을 부추기는 방만함만 있을 뿐, 자기성찰이 없었다. 무언가에 종속되어야만 하고 휩쓸려 들어야만 처신할 수 있다는 강박관념이 자리하였다.

근본(Grund)은 곧 대지의 온전함과 그 온전함에 뿌리를 내리는 데서 비롯한다. 시대를 혼돈과 무질서, 방종과 타락, 자기성찰 없음으로 바라보는 입장에서 "평상한 일상"을 탈주하는 풍류가 근본적인 처방이 되는 것은 아니다. 전통사회의 선비와 달리 현대를 사는 이들에게 풍류란 생활과 이반된 일탈에 그칠 공산이 크다. 단지 우애의 공동체를 확인하는 동어반복의 함정에 노출될 수 있는 것이다. "인간의 삶이란 특별한 것도 아니었다. 늘상 반복되는 생활 속에서 새로울 것도, 기억 속에 저장할 것도 없었다." 과연 늙음이 이러한 고요를 만드는 것인가? 모름지기 예술가는 특이성(singularity)에 생명을 걸어야 하는 것이 아닐까?

3. 반도시주의

정형남은 난계(蘭溪) 오영수의 적통이다. 이 소설은 작가가 감행한 귀환의 보고서이기도 하지만 난계의 "잃어버린 도원"에 대한 오마주이기도 하다. 난계와 마찬가지로 정형남은 명백하게 반도시주의(anti-urbanism)를 드러낸다. 도시와 농촌이 선악의 이분법으로 환원되고 있지는 않지만 적어도 도시가 인간의 타락사관을 반영하는 공간임을 거듭 강조하고 있다. 도시에서 "이방인"이라는 거듭된 자의식 속에서 주인공은 결국 도시 탈출을 꿈꾸게 된다. "남위원은 스스로 자신을 돌아보아도 지금까지 몸에 배인 생활습속 속에서 자유롭지 못하였다. 갑자기 다가온 무한대의 누림을 버거워하지 않는가. 알게 모르게 경계가 설정되어 그 한계를 쉬이 벗어날 수 없었다." 이제 주인공은 부박한 도시에서 섬과 같은 공동체인 "안락한 동네"가 지니는 한계와 삶의 진정성을 탐문하게 된다. 이는 그들과 나눈 정리에 대한 회의를 의미하는 것이 아니다. 무엇보다 자신의 삶에 대한 근본적인 성찰에 기인한다.

시름시름 한 해가 갔다고나 할까, 따지고 보면 일 년 삼백 육십오 일 하루하루를 해수병 환자처럼 콜록콜록 기침을 해대며 누덕누덕 헌옷가지를 꿰매듯 엮어 보냈다고 해야 할 것이다. 참 한심한 일상이 아닐 수 없었다. 나이가 많고 적음과는 상관없이 누덕누덕 기운 일상이 눈덩이처럼 쌓였다가 녹아 없어진 것이리라. 일 년이라는 굴곡진 마디마디가 도드라지게 맺혀 나는데도 발밑에 묻히기 마련이었다. 어떻게 살았는가? 죽음 앞에서 따지고 묻지 않는 것도 그래서일 것이다.

이 소설의 에필로그인 제8장 「떠난 자와 남는 자」의 서두다. "태산은 한 줌 흙으로 이루어진다"라고 썼듯이 주인공은 새로운 시작을 감행하지 않을 수 없다. 시작은 경계를 넘는 것이자 새로운 경계를 만드는 것이다. 그것은 반복이 아니며 생성이다. 작가는 주인공을 통해 "무모하게 산을 오르거나 조깅을 하지 않아도 창조적인 일상을 누릴 수 있는 단계"를 예고한다. 그것은 새로운 도(賭)이자 도[肆]이다. 하지만 귀향은 아니다. 그토록 심한 노스탤지어를 앓았지만 귀향은 어머니의 자궁 속으로 퇴행하는 것이 아닌가? "매번 고향을 다녀오게 되면 회한으로 뒤엉키는 허전한 바람. 그 깊이 모를 바람의 근원을 곱씹기 마련이었다. 그래서 고향은 가깝고도 먼 빛으로 채색되는지 모른다." "잃어버린 도원을 찾아가듯 땅의 훈김을 제대로 누리고 싶어서요." 도원 혹은 자연으로 귀환하는 주인공의 희망이다. "어쩌면 그곳이야말로 가장 편안하고 안락한 동네인지 모르겠네." 그렇다. 이렇게 하여 작가의 귀환은 시작되었고 이것이 스승 난계에 대한 오마주가 되었다.

집 아래로 호수가 산빛을 비추고 멀리 보성만이 아스라이 물결치는 곳. 작가 정형남이 귀환한 곳이다. 낮이면 뭉게구름이 돼지 모양을 할 것이고 밤안개조차 새끼 돼지 형상들을 이끌고 오지 않을까. 축복의 땅에서 창조적 생성을 예비하기 위한 각서가 이 소설이다. 또한 "안락한 동네"의 친구들에 대한 헌사이다. 스스로 "이방인" 혹은 "방랑자"로 자처하는 작가에게 부산은 제2의 고향이다. 도시와 영합할 수 없는 심성을 지닌 그이기에 사소하고 자잘한 인정의 웃음 속에서도 마음 한편으로 빠져나가는 바람소리를 듣지 않을 수 없었던 것. 그의 귀환이 단순한 귀소본능은 아닐 것이다. 그보다 근본으로 돌아감을 선택한 것으로 보아도 좋다. 세상에 대한 그의 회의주의는 그동안 미학주의로 흐르지 않았다. 오히려 기저의 깊은 허무주의는 근본주의와 다를 바 없다. 그럼에도 그의 근본주의는 가령 "개미의 죽음과 코끼리의 죽음이 뭐 다른가"라는 진술이 말하듯이 무수한 경계를 허문다. 이는 인간의 소리를 넘어 땅의 소리, 하늘의 소리, 생명의 소리를 지각하는(「작가의 말」) 일과 무관하지 않다. 대생기(大生氣)와 호흡하는 개체로서 만물과 화육하는 세계를 갈구하고 있는 것이다. 이제 그에게서 새로운 장소에서 훈습된 생성과 신생의 글쓰기를 고대할 수 있을 것 같다.

작가의 말

젊은 날의 방랑자는 제일의 항구도시, 안락한 동네에서 삼십여 년을 살았다. 이제는 제2의 고향이 된 셈이다. 뒤돌아보면 세월은 덧없다. 파삭한 기운마저 든다. 무엇이 그렇게 만들었는가? 모든 생명 있는 것들은 하늘의 소리(風, 바람소리), 땅의 소리(水, 물소리), 생명의 소리(言語, 文字. 사람소리)가 한데 어우러져 실답게 살아야 하는데, 언제부터인가 문명의 이기를 앞세운 인간의 소리에 묻혀 하늘의 소리, 땅의 소리를 망각하였다. 마음의 궁핍은 거기에서 발아되었는지 모른다. 그것을 뒤늦게나마 깨물었다고 해야 할까, 과감하게 삼십여 년 살아온 둥지를 떨치고 하늘의 소리, 땅의 소리를 찾아 나섰다. 노자가 말하는 반본사상이요, 귀소본능인지도 모른다.

사람은 누구나 향수 어린 마음의 고향을 갖기 마련이다.

가만히 매만져 보면 자잘한 일상은 소중하고 값진 것인데도 손안에 움켜쥔 물처럼 술렁술렁 빠져나가고 없다. 하루를 산 만큼 망각의 두께는 얼음장처럼 두껍다. 그 빙판 위에서 봄을 기다리는 게 인간의 갈망 아닐까. 어쨌거나, 자연의 풍요 속에서 빗줄기 타고 내리는 젊은 날을 떠올리자니 안락한 동네의 삼십여 년 생활은 마당가 우람한 감나무처럼 가슴속에 자리하였다.

소설은 낮은 곳에서의 삶의 숨결이자 만남의 광장이다. 그 광장 너머 세계의 역사 속에서 영원한 우정으로 살아 숨 쉬는 작중의 벗들과 산지니 사장님께 따북하게 고마움을 실어 보낸다.

2012 여름
어산재에서

정형남

현대문학 추천
월간문학 신인상
세계의문학 중편『난동(暖冬)』발표

작품 활동
창작집　:『수평인간』『장군과 소리꾼』『진경산수』
중편집　:『반쪽거울과 족집게』『백갈래 강물이 바다를 이룬다』
장편소설 :『숨겨진 햇살』『높은 곳 낮은 사람들』『만남, 그 열정의 빛깔』『여인의 새벽』(전 5권)『해인을 찾아서』(대산창작지원금 수혜)『토굴』『천년의 찻씨 한 알』(문예진흥기금 수혜)『삼겹살』(문화체육관광부 우수교양도서 선정)『감꽃 떨어질 때』(세종우수도서, 전주영화제 작품 선정)『남도』(전 5권), (제1회 채만식문학상 수상)

:: 산지니 · 해피북미디어가 펴낸 큰글씨책 ::

문학

보약과 상약 김소희 지음

우리들은 없어지지 않았어 이병철 산문집

닥터 아나키스트 정영인 지음

펄펄 끓고 나서 4분간 정우련 소설집

실금 하나 정정화 소설집

시로부터 최영철 산문집

베를린 육아 1년 남정미 지음

유방암이지만 비키니는 입고 싶어 미스킴라일락 지음

내가 선택한 일터, 싱가포르에서 임효진 지음

내일을 생각하는 오늘의 식탁 전혜연 지음

이렇게 웃고 살아도 되나 조혜원 지음

랑(전2권) 김문주 장편소설

데린쿠유(전2권) 안지숙 장편소설

볼리비아 우표(전2권) 강이라 소설집

마니석, 고요한 울림(전2권)
페마체덴 지음 | 김미헌 옮김

방마다 문이 열리고 최시은 소설집

해상화열전(전6권) 한방경 지음 | 김영옥 옮김

유산(전2권) 박정선 장편소설

신불산(전2권) 안재성 지음

나의 아버지 박판수(전2권) 안재성 지음

나는 장성택입니다(전2권) 정광모 소설집

우리들, 킴(전2권) 황은덕 소설집

거기서, 도란도란(전2권) 이상섭 팩션집

폭식광대 권리 소설집

생각하는 사람들(전2권) 정영선 장편소설

삼겹살(전2권) 정형남 장편소설

1980(전2권) 노재열 장편소설

물의 시간(전2권) 정영선 장편소설

나는 나(전2권) 가네코 후미코 옥중수기

토스쿠(전2권) 정광모 장편소설

가을의 유머 박정선 장편소설

붉은 등, 닫힌 문, 출구 없음(전2권) 김비 장편소설

편지 정태규 창작집

진경산수 정형남 소설집

노루똥 정형남 소설집

유마도(전2권) 강남주 장편소설

레드 아일랜드(전2권) 김유철 장편소설

화염의 탑(전2권) 후루카와 가오루 지음 | 조정민 옮김

감꽃 떨어질 때(전2권) 정형남 장편소설

칼숨(전2권) 김춘복 장편소설

목화-소설 문익점(전2권) 표성흠 장편소설

번개와 천둥(전2권) 이규정 장편소설

밤의 눈(전2권) 조갑상 장편소설

사할린(전5권) 이규정 현장취재 장편소설

테하차피의 달 조갑상 소설집

무위능력 김종목 시조집

금정산을 보냈다 최영철 시집

인문

엔딩 노트 이기숙 지음

시칠리아 풍경 아서 스탠리 리그스 지음 | 김희정 옮김

고종, 근대 지식을 읽다 윤지양 지음

골목상인 분투기 이정식 지음

다시 시월 1979 10 · 16부마항쟁연구소 엮음

중국 내셔널리즘 오노데라 시로 지음 | 김하림 옮김

파리의 독립운동가 서영해 정상천 지음

삼국유사, 바다를 만나다 정천구 지음

대한민국 명찰답사 33 한정갑 지음

효 사상과 불교 도웅스님 지음

지역에서 행복하게 출판하기 강수걸 외 지음

재미있는 사찰이야기 한정갑 지음

귀농, 참 좋다 장병윤 지음

당당한 안녕-죽음을 배우다 이기숙 지음

모녀5세대 이기숙 지음

한 권으로 읽는 중국문화 공봉진 · 이강인 · 조윤경 지음

차의 책 The Book of Tea
오카쿠라 텐신 지음 | 정천구 옮김

불교(佛敎)와 마음 황정원 지음

논어, 그 일상의 정치(전5권) 정천구 지음

중용, 어울림의 길(전3권) 정천구 지음

맹자, 시대를 찌르다(전5권) 정천구 지음

한비자, 난세의 통치학(전5권) 정천구 지음

대학, 정치를 배우다(전4권) 정천구 지음